W0469770

# On n'est plus des gens normaux

Justin Morin

# On n'est plus des gens normaux

la manufacture de livres

Si vous souhaitez recevoir notre catalogue
et être tenu informé de nos publications,
envoyez vos coordonnées, en citant ce livre à :

La Manufacture de livres, 101 rue de Sèvres, 75006 Paris
ou
contact@lamanufacturedelivres.com

www.lamanufacturedelivres.com

ISBN 978-2-38553-109-6

*À mes frères,*

I.

# La famille

**Lundi 14 août 2017, 20 h 10**
**Commune de Sept-Sorts**

Sur la D 603, un feu régule les entrées et sorties de la ZAC du Hainault. Un mélange d'entreprises, de magasins et de restaurants donne forme à cette excroissance collée à la départementale. Une BMW grise traverse le carrefour. À l'intérieur, un homme scrute la terrasse d'une pizzeria. Il roule sans la quitter des yeux, sa tête pivote au ralenti, au gré de sa progression. Cette séquence s'étire dans le temps jusqu'à ce que son regard percute violemment la tôle beige d'un magasin de chaussures qui lui obstrue la vue. Le choc visuel le ramène à ses deux mains agrippées au cuir noir du volant, à l'habitacle sombre et puissant.

Au fond de lui, à cet instant précis, que se passe-t-il ?

Il accélère. Peut-être que ses paumes commencent à produire une légère sueur. Son corps lui dit quelque chose, mais il n'en tient pas compte. Il accélère, violent coup de volant à droite, les pneus crissent. Peut-être qu'à ce moment-là il ne pense plus, il appuie sur la pédale, il roule toujours plus vite. Ce qui est sûr, c'est qu'il déborde sur la voie de gauche. Défilent alors des entreprises protégées par du grillage métallique, toutes construites sur un modèle similaire : des structures en tôle ondulée dont les couleurs varient peu, du blanc, du beige, parfois du bleu. Elles sont souvent adossées à des entrepôts, eux-mêmes associés à de vastes parkings où stationnent des poids lourds. Personne ne sait réellement ce qui s'y trame, à part ceux qui y travaillent. Tout près, à une cinquantaine de mètres, il y a la Marne, et c'est vrai qu'on aimerait l'apercevoir, la rivière arrondirait le paysage, mais depuis cette rue de la Merlette où la berline grise continue d'accélérer on peut seulement l'imaginer, dissimulée derrière des carcasses de voitures, des rangées de silos blancs et un bâtiment en tôle – blanche.

Nouveau coup de volant à droite, nouveau coup d'accélérateur ; désormais la BMW roule au milieu de la route et qu'importe si quelqu'un arrive en face. Sur son chemin, le conducteur croise au moins cinq caméras de surveillance dont les vidéos seront exploitées par les gendarmes. À cause de la vitesse, les images sont floues. La voiture traverse l'écran comme un fantôme.

Cela fait moins d'une minute qu'il est entré dans la ZAC. À sa droite, Mr.Bricolage, puis le restaurant asiatique Dragon d'or. Dernier coup de volant, le plus furieux, les pneus hurlent à tel point que les clients de la pizzeria Cesena se retournent. Ils sont une trentaine en terrasse à profiter de cette belle soirée d'été, il fait bon, le ciel doucement change de couleur, on en est encore à l'apéritif. À l'une des tables, une femme se plaint : Encore des imbéciles qui font les idiots avec leur voiture.

Avec cette ultime manœuvre, le conducteur s'est positionné dans l'axe du restaurant. Aucune barrière, aucun terre-plein, ça, il l'a bien repéré. La voie est libre. Une voiture, c'est une arme, et quand on l'envoie sur des gens ça fait des dégâts, ça aussi, il l'a dit aux gendarmes. Alors il accélère. Cette fois, il frappe la pédale de tout son poids. À 20 h 11, quelques secondes avant le premier impact, il roule à près de 80 km/h.

Sur sa trajectoire, il y a une dizaine de tables sans compter celles à l'intérieur du restaurant. D'abord, la table 7 où se sont installés Sacha et Betty, ainsi que leurs trois enfants, Nikola, dix-sept ans, Angela, treize ans et Dimitri, quatre ans. Leur mère a choisi de les emmener ici pour les remercier de l'avoir aidée toute la journée. C'était le chantier dans le jardin, cela faisait des mois qu'on se disait qu'il fallait ranger. Sous le beau soleil de ce 14 août, toute la famille s'y est mise, et le cabanon en bois s'est vite rempli. Sacha voit la voiture bélier manœuvrer, puis foncer dans leur direction. Il a envie de se lever, il a envie de crier Barrez-vous, mais tout va trop vite. Betty est dos à la route, elle fait partie de celles et ceux que le crissement des pneus a alertés. Quand elle se retourne, la voiture est déjà là. Entre la BMW et la table 7 à peine quelques mètres qui relient encore Angela à la vie, ses parents et ses deux frères à une existence normale. L'espace-temps avant le choc est infime et infini à la fois. Toutes les souffrances, toutes les peines, toute l'incompréhension, toute l'injustice, toute la colère, toute la culpabilité – tout ce qui va suivre existe déjà, tout est là, comprimé dans cet espace-là, dans ce vide qui sous la pression finit par exploser. Betty sent un coup dans son dos. Sacha est projeté plusieurs mètres en arrière, il se retrouve au sol, à l'intérieur du restaurant. Les enfants disparaissent.

Peu après 20 h 11, le centre opérationnel de secours reçoit un premier appel, puis un deuxième, dix secondes plus tard. D'autres suivront. Au bout du fil, les pompiers entendent des cris, des hurlements et des pleurs. Le réflexe des clients encore conscients, c'est de courir. Ils partent se mettre à l'abri dans le McDonald's et dans le restaurant asiatique voisins. À chaque pas précipité, le même craquement de verre qu'on écrase, il y en a partout. Une femme a un radiateur planté dans le corps. Un homme s'écrie que c'est un attentat. La voiture s'est encastrée dans le restaurant, la moitié avant est à l'intérieur, la moitié arrière à l'extérieur. Elle a terminé sa course dans le bar dont le comptoir a reculé d'un demi-mètre.

Le conducteur essaie de faire marche arrière, les pneus patinent. Plusieurs rescapés crient : Arrêtez-le ! L'un d'eux oublie ses blessures, ramasse un bastaing tombé de la charpente et monte sur le bar. Une fois debout, il surplombe le pare-brise de la BMW, il soulève violemment la poutre de bois et, dans un mouvement de balancier, frappe de toutes ses forces sur la voiture. Une fois, deux fois, trois fois. Il utilise le poids de son arme pour accélérer son mouvement et alourdir ses coups. Autour de lui, d'autres victimes galvanisées réagissent et tentent de bloquer les roues arrière avec tout ce qui leur tombe sous la main : des pierres, des pots de fleurs, des pieds de parasol ou de table. Certains aboient Sors de là, t'as vu ce que t'as fait, on va te buter à l'attention du conducteur piégé. La carrosserie et les vitres tiennent le choc, elles le protègent encore des coups de parpaings qui pleuvent désormais. Quelques-uns assurent l'avoir entendu répondre « J'ai une kalach. » Tous se souviennent du sourire qu'il arbore, les deux mains toujours fixées au volant.

Papa t'es où ? est la première phrase que Sacha entend quand il reprend connaissance. Il est au sol, près de la BMW qui lui cache ce qui se passe autour, mais il reconnaît la voix de Nikola, son plus grand fils. Il cherche sa femme et ses enfants, mais il ne voit personne. Sacha est un gaillard de 1,90 m conducteur d'engins chez Suez, son corps est puissant ; alors il tente de se redresser, mais son genou se dérobe, sa jambe est désarticulée, ça ne tient plus à rien, le pied est tourné vers l'arrière et il y a du sang partout. Il s'effondre de nouveau, Qu'est-ce qui nous arrive ?

Betty s'est rapidement relevée, mais elle a la respiration coupée. Premier réflexe : elle cherche sa famille, elle voit d'abord les cheveux châtains d'Angela, son corps inerte allongé sur le ventre, juste à côté de la roue avant de la BMW. Les pneus patinent, les cris autour redoublent, le conducteur essaie de faire marche arrière, plusieurs personnes tirent la jeune fille vers l'extérieur pour éviter qu'elle se fasse écraser.

Là j'ai vu son dos, y avait plus de peau, on voyait sa chair. Ensuite, j'ai vu mon fils Nikola, je lui ai dit, Nikola ça va ? est-ce que tu vas bien ? Il m'a répondu, Je vois flou, j'ai la tête qui tourne. Je lui ai demandé, Tu vois papa ? Appelle-le. T'as vu papa ? T'as vu Dimitri ? Une dame était en train de le porter, je me suis dirigée vers lui, je l'ai pris dans mes bras, j'ai remarqué qu'il était blessé, qu'il avait plus de peau, je voyais sa chair et son os sortir de sa jambe droite. Une autre est venue à ma rencontre, elle me l'a pris et m'a dit Ne vous inquiétez pas, je suis infirmière, je m'occupe des enfants. Après je suis retournée près de Nikola et je lui ai demandé d'aller s'asseoir à côté de son petit frère et de rester avec lui. En fait, j'arrêtais pas de courir entre mes fils, mon mari et ma fille. Les secours sont arrivés, ils se sont précipités sur Angela, et rapidement on m'a avertie qu'elle avait plus de pouls. Je suis allée voir Sacha, il m'a demandé Qu'est-ce qui nous arrive ? Je lui ai répondu Notre fille ne va pas bien. Il était conscient, mais il avait du sang sur la tête. Après je suis revenue vers Angela, les médecins du SAMU lui faisaient un massage cardiaque. J'approche et l'un d'eux me dit très froidement, Madame, je ne vais pas y aller par quatre chemins, la situation est très grave, son cœur ne veut pas reprendre. J'ai couru jusqu'à Sacha et je lui ai dit On va perdre notre fille.

Sacha se souvient d'un murmure, comme si sa femme voulait éviter que cette phrase se propage, que ces mots deviennent réels pour les autres. À Nikola, elle dit simplement Ils massent ta sœur. Au fond, elle sait que c'est déjà fini. D'après les pompiers, il y a plusieurs dizaines de blessés. Cinq sont en urgence absolue, c'est le cas d'Angela et de son petit frère Dimitri. Alors qu'ils s'activent, passent d'une victime à l'autre, embarquent dans les ambulances les cas qui ne peuvent plus attendre, les gendarmes font aussi leur travail, mais Betty ne les voit pas. Son corps obéit à son regard qui ne s'arrête que lorsqu'il tombe sur l'un des siens. Le reste, les hélicos, les sirènes, les autres, tout cela n'existe pas, pas encore, tout se déroule en simultané, sur le même espace réduit, mais dans deux mondes différents.

Les gendarmes se sont jetés sur la BMW. Ils tentent de calmer les ardeurs de ceux qui veulent se faire justice eux-mêmes. Une fois la situation maîtrisée, ils font sortir le conducteur de la voiture. Il porte un sweat zippé bleu ciel, les pans de sa chemise dépassent au niveau de la taille. Ils le menottent et l'escortent jusqu'à leur camionnette, l'assoient immédiatement à l'arrière. P. n'oppose aucune résistance, c'est ça ou se faire lyncher, et il n'a plus envie de mourir. Au départ c'était le plan, mais il a changé d'avis. Une fois assis, c'est le silence autour de lui, il est seul avec ce qu'il vient de faire. Est-ce qu'il sent Betty s'approcher de la vitre contre laquelle sa tête repose ? Est-il *vraiment* présent ? Désormais, elle est là, de l'autre côté, à l'extérieur du véhicule de la gendarmerie, elle lui fait face. Je le vois, je le regarde droit dans les yeux et là, je vois son sourire satisfait. Je regrette de pas avoir ramassé un morceau de verre pour lui trancher la gorge. La prochaine fois que Betty fera face à P., ce sera quatre ans plus tard, lors de son procès aux assises de Melun. Il aura le visage bouffi, le crâne dégarni, des dents manquantes, elle aura du mal à faire le lien avec l'homme qui vient de tuer sa fille, mais elle ne ressentira aucune pitié, toujours de la haine. Demi-tour. Elle repart s'occuper de sa famille.

Un groupe de pompiers est en train de prendre en charge Sacha. Quand ils le soulèvent et l'installent sur le brancard, il a pour la première fois une vue globale de la scène. Qu'est-ce qui nous arrive ? Là, ils m'emmènent vers l'ambulance. L'un des pompiers me dit Surtout ne regardez pas à gauche, mais j'ai quand même regardé à gauche, j'ai vu un corps inerte sous une couverture de survie et j'ai reconnu le gilet beige de ma fille.Qu'est-ce qui nous arrive ?

Une fois installé, il répète aux pompiers qui viennent incessamment lui demander si ça va, Oui, allez sauver les autres ! Il insiste aussi pour que Nikola soit transporté dans le même hôpital que lui, à Créteil. Ensuite, les sédatifs.

Le plus petit, Dimitri, souffre de multiples traumatismes, il doit être opéré d'urgence. Un hélicoptère se pose tout près de la pizzeria pour le transporter à l'hôpital Necker à Paris. Betty veut monter avec son fils, mais les secouristes l'en empêchent, elle ne comprend pas pourquoi, alors elle insiste. Elle aussi a besoin de soins, mais elle n'en a pas conscience. Elle monte finalement à bord de l'appareil qui redémarre aussitôt. L'hélicoptère prend de l'altitude, lentement, Betty a le temps de visualiser la scène d'en haut, et c'est comme si tout était flou, indéfinissable, tout est flou sauf un micropérimètre qui continue de diminuer à mesure que l'altitude augmente. Mais ce micropérimètre, celui-là, garde toute sa netteté et s'imprime sur la rétine de Betty. Son cerveau ne veut plus rien voir sauf cette zone d'à peine un mètre sur deux, il opère automatiquement une sélection naturelle de ce qui restera en elle, l'image de cet espace sur le parking de la pizzeria ne la quittera plus. C'est ici que le corps sans vie de sa fille a été déplacé. À ce moment précis, Betty souhaite que l'hélicoptère s'écrase.

Je prends conscience de tout. Tout est là. Qu'est-ce que j'ai fait ? C'est moi qui ai voulu aller à la pizzeria. J'ai mis ma famille en danger. J'ai tué ma fille. Et je viens de la laisser seule, par terre au milieu d'un parking.

Aujourd'hui, six ans plus tard, quand elle est avec Sacha et qu'ensemble ils quittent le cimetière où est enterrée Angela, ils ont toujours cette même impression, de l'abandonner.

Le trajet jusqu'à l'hôpital Necker dure une vingtaine de minutes. Les médecins sortent Dimitri, il est immédiatement emmené au bloc opératoire. Betty n'arrive pas à le suivre, elle est bloquée dans l'hélicoptère. Impossible de se lever, son corps a refroidi, elle a mal et elle réclame des cigarettes. C'est la première chose qu'elle demande à l'équipe médicale, S'il vous plaît, allez m'acheter des clopes. Le personnel présent ce soir-là est déjà au courant de ce qui est arrivé à sa famille, les médecins coopèrent, l'un d'eux file au tabac d'à côté. Il faut trois urgentistes pour aider Betty à descendre de l'hélico. Ensuite, elle accepte de passer une série d'examens : aucune blessure grave, mais il faut retirer plusieurs bouts de verre de sa peau et soigner de multiples coupures. Au milieu de la nuit, elle est placée en soins intensifs.

Ce qui vient de se passer est relayé à outrance à la télévision, à la radio et sur Internet. On est au cœur de l'été, les rédactions se divertissent avec pas grand-chose, mais elles restent vigilantes à la moindre alerte. Un an plus tôt, le 14 juillet 2016 sur la promenade des Anglais à Nice, un homme fonce à bord d'un camion sur les spectateurs venus profiter du feu d'artifice. Plus proche, seulement cinq jours plus tôt, un homme utilise sa voiture pour s'attaquer à des militaires à Levallois-Perret. Le mode opératoire est dans l'air du temps. Depuis la fin de soirée, des journalistes quadrillent la ZAC de Sept-Sorts à la recherche de témoins, il faut leur demander s'ils ont entendu le conducteur crier Allahou Akbar, tenter d'en savoir plus sur ses motivations auprès des sources judiciaires, aboutir rapidement à la question qui se pose à chaque fois : est-ce une nouvelle attaque terroriste ? Tant que la réponse n'est pas certaine, l'intensité médiatique augmente. Un premier bilan est rapidement communiqué : un décès, une adolescente de treize ans, et plusieurs blessés graves. Le procureur adjoint de Meaux se rend sur place pour faire le point. La nuit est déjà bien avancée, toutes les caméras se braquent sur lui, ses paroles sont retransmises en direct sur les chaînes d'information en continu : À ce stade, j'écarte le mobile terroriste. Immédiatement, les bandeaux de titres en bas des écrans sont modifiés, on remplace « Sept-Sorts : un mort dans une attaque à la voiture bélier » par « Sept-Sorts : la piste terroriste écartée ». La bulle se dégonfle, le récit tiré de cette histoire s'assèche, ce drame n'est plus tout à fait le même drame : d'un attentat potentiel visant la France, on débouche sur un fou qui a pété les plombs. Un fait divers, déplorable. Un message d'Emmanuel Macron sur Twitter : Ce soir, je pense aux victimes et à leurs proches. Merci aux gendarmes et aux secours pour leur mobilisation. #SeptSorts. Rien de plus à comprendre. Après la conférence de presse du procureur adjoint, les journalistes quittent les lieux.

Dès qu'il arrive à l'hôpital Henri-Mondor de Créteil, Sacha se fait opérer du genou, on le lui remet en place, mais, pour le reste, la jambe est trop gonflée pour constater les blessures internes, il faut attendre. Il se souvient d'avoir ouvert les yeux en salle de réveil, encore un peu groggy sous l'effet des sédatifs, d'avoir légèrement tourné la tête et d'avoir reconnu le visage de son fils, allongé à ses côtés. Il l'avait exigé des médecins, ils ont respecté son souhait, et le sentiment que lui procure la proximité de son aîné lui confirme qu'il a eu raison d'insister. Un visage connu dans un décor inconnu, dans un corps partiellement démoli. Sacha peine à regarder sa propre jambe, d'abord il ne la reconnaît pas, c'est un champ de bataille, une zone vallonnée par des trous d'obus, des cratères rouge vif, d'une dimension grotesque – son diamètre a facilement doublé – et quelques poils encore debout. À mesure qu'il digère cette vision, il comprend qu'il va être bloqué ici pour un long moment.

Dans le lit d'à côté, Nikola est réveillé. Ses blessures sont superficielles, il porte une minerve par mesure de précaution. Avant d'arriver là, il a passé quelque temps le long d'un mur, allongé sur un brancard. Il avait très mal à la tête. Un soignant est passé le voir pour le rassurer, lui dire que son père était dans le même hôpital, que sa mère et son frère étaient à Necker et qu'on allait bien s'occuper d'eux. Et ma sœur, elle est où ? Toutes mes condoléances. Nikola ne réalise pas encore. Après : IRM, scanner, salle de réveil près de son père.

Leurs regards se croisent, ils sont vivants, on ne parle pas de ce qui s'est passé, Niko tu as mal ? Non ça va, et toi papa ? Non pas vraiment, je suis dans le coaltar. Silence, les yeux se referment, les minutes passent sans qu'on sache précisément combien ; les yeux se rouvrent. Niko ça va ? Tu as mal ?

Au petit matin, quand Sacha sort du brouillard, il veut parler au médecin responsable de son suivi, c'est important, Que ce soit clair, peut-être que vous êtes au courant de ce qui m'est arrivé, mais il faut que vous sachiez, ici, il va y avoir du monde qui va venir me voir, je sais pas comment ça marche dans cet hôpital, mais si vous me dites c'est pas possible, je veux changer d'hôpital. J'ai besoin de monde, j'ai besoin d'être au courant de ce qui se passe à l'hôpital Necker, pour Betty et Dimitri. Et si j'ai envie de fumer, vous vous débrouillez, vous déplacez le lit, mais sinon je change d'hôpital. Le médecin ayant reçu les doléances s'éclipse – a-t-il été intimidé par l'accent de l'est, les « r » roulés, la rudesse de la voix de Sacha ou par le tranchant de ses yeux verts ? Il revient quelques minutes plus tard, C'est d'accord. Sacha vient de mettre en place un plan de survie pour les quinze jours à venir. Première cigarette : une équipe d'infirmiers l'embarque, lui le colosse un peu à l'étroit dans sa chemise d'hôpital, prisonnier de son lit, il navigue ainsi à travers les couloirs. Ses compagnons d'excursion empruntent les ascenseurs réservés aux blocs opératoires, circulation fluide, on peut y aller, dehors le soleil se lève à peine. Allongé et recouvert de ses draps blancs, Sacha fume en silence avec deux infirmiers.

Vers six heures et demie du matin, un soignant entre dans la chambre de Betty, la tire de sa somnolence. Dimitri est sorti du bloc opératoire, il va bientôt se réveiller. On la prépare à ce qu'elle va découvrir. Les médecins lui disent Immobilisation par fixateurs externes. Elle traduit : son fils avec les deux jambes striées de broches. Pour les enfants, on les recouvre de bandelettes pour éviter qu'ils soient effrayés, mais Betty ne peut s'empêcher d'imaginer les deux tiges de métal dans le corps du sien, les deux tiges de métal perforant son fémur gauche et son fémur droit. On lui explique qu'il va falloir faire attention à chacun de ses mouvements, les plaques qu'on lui a posées provoquent régulièrement des décharges électriques, ce n'est pas grave, mais la sensation est désagréable. À partir de maintenant, Betty apprendra à manipuler son fils pour le laver, poser un doudou ici près de son visage, un coussin là près de sa hanche pour amortir chaque mouvement.

Dimitri se réveille. Il voit sa mère près de lui, Maman, dada elle est morte ? Dada, c'est la grande sœur en macédonien. Il faut insister sur la première syllabe, plus longue et légèrement inclinée, comme si c'était une colline qu'il fallait gravir avant d'atteindre le plateau offert par le deuxième da, Oui, dada elle est morte mon chéri. À cet instant, Betty improvise, rester calme, ne pas pleurer, une voix douce, ferme, dont les tonalités doivent guider un enfant de quatre ans dans le noir, C'est comme ça mon chéri, je suis désolée. Tu te souviens ce qui nous est arrivé au restaurant ? Oui, Dimitri se souvient qu'une voiture leur a foncé dessus, qu'il avait de la poussière dans les yeux. Il demande où est papa, où est Nikola, et pourquoi maman t'as rien eu toi ? J'en sais rien, Betty dit qu'elle a quand même des blessures légères et les questions s'enchaînent, mais pourquoi je suis pas mort moi ? Grâce à Dieu mon chéri, grâce à Dieu, Mais pourquoi il m'a cassé les jambes ? Dire la vérité ou mentir. Dire la vérité ou mentir. Mentir. Croire à son mensonge.

C'était un accident, mon chéri. Le monsieur il l'a pas fait exprès, il avait plus de freins.

La journée, le soir, n'importe quand, Betty s'adresse à Dieu. Elle demande de l'aide pour garder toute sa tête.

Quand elle est face à Dimitri, elle fait abstraction du reste. Son cerveau organise l'urgence, il crée des cases hermétiques, là c'est Dimitri, après ce sera Nikola, après Sacha, et quand elle sera toute seule ce sera Angela, mais là, c'est lui, c'est Dimitri. P. possède aussi sa propre case, et quand viendra son moment elle y consacrera toute son énergie, mais ce n'est pas pour tout de suite, donc en attendant, elle s'occupe des cases qui en ont besoin. Là elle est concentrée sur la case Dimitri, elle s'interdit de regarder ailleurs, s'interdit de pleurer sa fille, Quand je suis devant lui, je suis sa mère et j'ai pas d'autre choix que d'être sa mère parce qu'il est seul.

Pendant plusieurs semaines, Dimitri bloque sur les mêmes questions : Pourquoi on est allés dans le restaurant Pourquoi je suis pas mort Est-ce que Dada elle a du sang dans les jambes Est-ce que Dada elle a du sang dans le ventre Son ventre il est déchiré Pourquoi on lui met pas du scotch dans le ventre Pourquoi on demande pas à des médecins très très « spéciales » de la guérir Pourquoi le monsieur il nous a foncé dessus Pourquoi le garage ils ont pas dit au monsieur qu'il avait plus de freins Est-ce que le monsieur il a des blessures Est-ce qu'il va jamais guérir et toute la journée il va avoir mal Si je coupe son doigt est-ce que moi aussi je vais aller en prison ?

Sur son téléphone, Betty a enregistré toutes les discussions qu'elle a eues avec son fils pour suivre l'évolution de son état d'esprit. Elle s'est dit que ça pourrait aussi servir aux psychologues, au cas où. Elle n'a jamais effacé ces échanges, ils sont là, enfouis au fond de sa poche.

À l'hôpital de Créteil, le pacte conclu entre Sacha et l'équipe soignante fonctionne. Il demande, on vient le chercher pour transporter son lit à l'extérieur, il peut ainsi fumer quand il le souhaite. Mais maintenant, à ses côtés, il y a son beau-frère Zlatko. Il est marié à la sœur de Betty. Ils étaient en vacances en Grèce avec leurs enfants lorsqu'ils ont appris ce qui était arrivé à Sept-Sorts. Immédiatement, ils ont refait leurs valises, largué les enfants chez les grands-parents en Macédoine, pris l'avion pour rentrer en France.

Depuis qu'il est arrivé, Zlatko ne quitte jamais Sacha. Les deux discutent, mais sans plus, ils ne craignent pas le silence. Zlatko l'accompagne, comme si une règle tacite l'obligeait à rester près de son beau-frère ; sans qu'il sache trop quoi faire ni quoi dire, il est là.

Après quelques jours, il devient l'homme le plus à même de manipuler la jambe de Sacha, deux bras forts capables de s'accoutumer à sa raideur, sa chair à vif. Lors de ces manœuvres, les deux corps s'unissent dans un même mouvement, lent et sans cri.

Après deux semaines d'hospitalisation, les médecins autorisent Sacha à rentrer chez lui en fauteuil roulant, mais il doit rester au lit le plus possible. La jambe doit encore dégonfler avant qu'il soit possible d'établir un diagnostic complet. Revenir dans la maison, seul, Sacha a du mal à le concevoir. Près de lui, Zlatko continue de suivre les consignes implicites de son rôle, elles s'imposent à lui, il prend l'initiative : Tu viens chez nous, on va s'occuper de toi. Le voilà embarqué sur un brancard à l'arrière d'une ambulance vers une commune de banlieue parisienne. Une fois arrivé là-bas, l'ambulancier sort de la camionnette, ouvre les portières arrière et manœuvre le lit de Sacha comme il le fait chaque jour, sans difficulté. L'occupant est imposant, l'ensemble relativement lourd, mais le véhicule est adapté, le brancard atterrit sans à-coup et sans douleur, situation sous contrôle jusqu'à ce bref coup d'œil lancé en direction du lieu d'accueil. Là, une forme de panique semble gagner l'ambulancier. Entre lui et l'entrée de la maison située au premier étage : un escalier. Il est très embêté, personne ne l'a prévenu, alors il appelle ses collègues. Sacha suit la scène depuis le trottoir, toujours allongé dans son lit, l'autre s'agace, Mais comment j'fais moi, le patient peut pas marcher, au moindre mouvement il a mal, et si tu voyais le gars, il est pas transportable en fait. Il s'éloigne un peu dudit gars, Sacha, qui ne le prend pas mal, après tout, c'est vrai qu'il n'est pas transportable. Sauf par Zlatko. Pendant que l'ambulancier tente de trouver une solution au téléphone, le beau-frère en a profité pour réunir une équipe de quatre comme lui – des amis. Zlatko dirige les opérations, Vas-y on va pas rester trois jours dans la rue, y a pas trente-six mille solutions, allez on y va, un gars à chaque coin du brancard, et hop Sacha s'envole, un bon mètre au-dessus du sol. Les quatre hommes n'en forment plus qu'un, ils portent Sacha comme on porterait un enfant, un corps et ses angoisses, c'est lourd mais ça tient, une marche, deux marches, trois marches, quatre marches, c'est fou comme Sacha se sent léger à cet instant, presque aérien, le cargo volant arrive enfin dans le salon, atterrissage tout en douceur, Zlatko a bien briefé son équipe, les roues du brancard finissent par toucher le sol. Dehors, l'ambulancier raccroche et concocte en urgence son discours, bref et concis, J'ai pas de solution, il faut retourner à l'hôpital, se prépare déjà au courroux de son patient, mais au moment de se retourner il constate que ce dernier a disparu. Nouveau vent de panique. Depuis la fenêtre de la maison, Sacha et Zlatko gloussent en observant la scène. À partir de là, le beau-frère de Sacha devient son conducteur officiel, il l'emmène partout, à ses rendez-vous médicaux, auprès de Betty et Dimitri, et parfois à leur maison de La Ferté-sous-Jouarre où Nikola passe un peu de temps, entre deux nuits chez des amis.

À l'hôpital Necker, Betty répond à des questions, celles de Dimitri, toujours les mêmes. P. est renommé Le Méchant Monsieur, il est en prison, il est puni, les policiers l'ont enfermé à clé et ils ont jeté la clé à la poubelle, ne t'inquiète pas, il a des menottes. Quand Dimitri ne pose pas de questions, il dort, le plus possible pour éviter la douleur, on lui donne de la mélatonine pour l'aider à trouver le sommeil, des antibiotiques pour éviter que ses jambes ne s'infectent et du Doliprane, non-stop. Sa mère estime qu'il est bourré de médicaments et que, pour un enfant de quatre ans, ce n'est pas supportable, mais on ne lui laisse pas trop le choix. La bonne nouvelle, c'est que l'hématome dans son foie est en train de se résorber. Quand Dimitri est arrivé, son organe était lacéré, les médecins craignaient que son état empire, on a pensé à une greffe, mais finalement son corps a su se débrouiller tout seul. En revanche, il ne pourra pas échapper aux multiples greffes de peau pour reconstituer les tissus de ses jambes, il faudra piquer un morceau de mollet pour aller le coller ailleurs, à l'endroit des cicatrices trop récalcitrantes. Ces opérations viendront plus tard.

En attendant, il y a les soins du quotidien. Il faut le laver, lui changer ses pansements, ça veut dire le tourner sur son lit, au départ ça veut dire le voir crier de douleur. Dans ces moments, Betty est à ses côtés, ne pas pleurer, lui tenir la main, lui caresser le front, les cheveux, dans ces moments, elle aimerait que le mal puisse se transmettre par le regard, que Dimitri en se fixant dans les yeux de sa mère puisse s'en délester. Les six premières semaines, Dimitri ne quitte pas son lit.

La première fois que Sacha a pu venir le voir à l'hôpital, Betty l'a prévenu, c'est insupportable.

Il a attendu que son fils s'endorme pour soulever délicatement le drap qui recouvre ses jambes rafistolées. Quand il en parle six ans après, Sacha s'arrête au moment de décrire avec un mot précis ce qu'il a ressenti. Il bute, regarde au loin dans son jardin, crispe son visage, reprend une cigarette, c'est comme s'il essayait de contourner le souvenir, et puis plus tard dans la discussion il y revient, mais là encore, ses yeux se plissent et les dents se serrent, il secoue la tête de droite à gauche, toujours pas de mots. Ceux qu'il finit par trouver, c'est pour sa femme, Je sais pas comment t'as fait.

Le 25 août 2017, Angela est enterrée au cimetière de La Ferté-sous-Jouarre. Ses parents et ses frères sont là. La municipalité a accepté de céder trois emplacements côte à côte dans un espace isolé afin d'y construire une chapelle – quatre poutres et un toit en acier noir – la nouvelle maison qu'espéraient Betty et Sacha pour que leur fille repose en paix.

**Dimanche 27 août 2017**
**La Ferté-sous-Jouarre**

Une foule immense. Des corps droits aux yeux rougis recouvrent le parvis de la mairie, un pacte tacite les lie, pas une parcelle au sol ne doit être visible depuis les fenêtres de l'hôtel de ville, occuper l'espace, montrer que les habitants font corps autour de la famille d'Angela. Le soleil frappe la place, pas un coin d'ombre, mais les enfants sont quand même venus, les parents y tenaient, ils sont juchés sur les épaules de leur père, de leur mère, les yeux rivés sur le perron de la mairie. Les marches sont couvertes de fleurs blanches, de bougies, de peluches et de dessins, là encore, ne pas laisser d'espace vacant, montrer la force du nombre. Au milieu se dresse le visage d'Angela. Il fait face à la foule, un visage clair à la peau lisse, aux imperfections filtrées, une main posée sur la joue gauche, la joue droite se fond dans une puissante lumière blanche, résultat d'une surexposition au soleil au moment de la photographie. Elle ne sourit pas, son regard fuit le cadre, il donne l'impression de vouloir remonter le courant lumineux, à son rythme et sans crainte. Elle est belle.

Dans une salle de l'hôtel de ville, Betty, Sacha et Nikola discutent avec le maire de la commune, sans Dimitri qui ne peut toujours pas quitter l'hôpital. Ils ne prêtent pas attention à la masse compacte en train de se former à l'extérieur. Ils n'ont pas encore conscience de ce qui les attend. L'élu a insisté auprès d'eux pour organiser cet hommage, quelques jours seulement après l'enterrement. Il est venu frapper à leur porte. Sacha était avec ses cousins, Betty toujours auprès de Dimitri. Il est entré, s'est présenté à Sacha, Je ne suis pas là en tant qu'élu, mais en tant que père. Son fils était dans la même classe qu'Angela. Ils ont discuté un peu, et puis rapidement l'écharpe bleu-blanc-rouge a resurgi, Toute la commune est en deuil, les citoyens de notre ville veulent rendre hommage à votre fille. Depuis la mort d'Angela, Sacha et Betty tiennent le coup grâce au soutien de leurs proches, mais ils pressentent qu'ils auront besoin de tout le monde alors ils acceptent. Préparer des diaporamas photo, se noyer dans les souvenirs, écrire un discours, avoir la haine, valider les différentes prises de parole, on n'apprend pas à devenir victime, Betty enchaîne les nuits blanches. Jusqu'à ce jour où il faut y aller.

Au-dessus de la foule s'élève une clameur polie, certains sont prêts à crier Justice pour Angela !, la compassion se mélange à la colère et ça déborde, ils souhaiteraient que leurs mots perforent les murs de l'hôtel de ville et se frayent un chemin jusqu'aux oreilles et au cœur de Betty, de Sacha et de Nikola, sauf que ce n'est pas encore le moment, encore un peu de patience.

À l'intérieur de la mairie, la famille s'apprête à sortir. La descente jusqu'au rez-de-chaussée prend du temps, Sacha se souvient d'avoir été un peu bringuebalé à bord de son fauteuil roulant, sa jambe ressemble à du bois mort. Heureusement, Zlatko et les cousins macédoniens l'encadrent, il est sous bonne escorte. Quand les portes de l'hôtel de ville s'ouvrent, ils se prennent la foule en pleine face. Une meute de regards embués leur fonce dessus et découvre ce que c'est qu'une famille amputée : trois corps habillés en noir. Betty et Sacha sont émus, en même temps ils étouffent déjà. Ils s'avancent près du micro, se mettent en ligne, prêts à écouter les discours, d'abord celui du maire, puis celui du premier entraîneur de basket d'Angela, il y aussi un mot du directeur de son collège, de son club de danse, le prêtre orthodoxe a aussi préparé quelque chose… Puis Betty s'extrait du groupe formé par les proches, à son tour d'aller parler de sa fille, Notre famille si soudée au sein de laquelle chacun a évolué dans l'amour des autres a été la cible d'un acte inqualifiable et plus que ça – à aucun moment elle ne lève la tête, les yeux restent collés à la feuille qu'elle tient entre les mains. Nous avons été amputés d'une partie de nous, mais rien n'ébranlera notre amour les uns pour les autres. Nous souffrons, nous sommes profondément meurtris, mais nous nous aimons. Qu'il sache que, malgré toute la détresse, la douleur qui nous empêche de respirer, nous sommes plus que jamais unis et déterminés à nous battre pour la mémoire de notre fille, de notre sœur. À cet instant, quelque chose se rompt à l'intérieur, la voix jusque-là funambule perd l'équilibre et se balance, à droite, à gauche, tente de retrouver sa stabilité, mais elle finit par s'effondrer, les sanglots l'étranglent. Un homme la rejoint, c'est Nikola, il enroule son bras autour de son cou, pose sa main sur la nuque de sa mère et colle la tête à la sienne, cela dure à peine un instant ; puis il se positionne derrière elle, ses deux mains restent au contact de la peau de Betty, le bout de ses doigts se déposent en haut des épaules, à la naissance du cou. Elle remonte sur le fil et achève son discours.

Un Justice pour Angela ! s'extirpe de la foule. Betty l'attrape au vol et le range dans la case P., elle sait qu'elle aura besoin de cette énergie pour le procès. Avec son mari et son fils, ils se retrouvent ensuite au contact des habitants. Ça leur fait un bien fou, c'est comme une grande famille, et en même temps c'est trop, c'est oppressant tous ces corps qui les enlacent, qui les serrent contre eux, qui leur glissent à l'oreille des Nous sommes de tout cœur avec vous, des J'admire votre courage, il y a quelque chose qui cloche. Betty sent bien qu'à ce moment-là il n'est pas question de courage, On a juste pas le choix d'être là, d'être debout, je dois le faire parce qu'il y a Dimitri, parce qu'il y a Sacha, parce qu'il y a Niko ; et Sacha dit la même chose, parce qu'il y a Betty, parce qu'il y a Dimitri, parce qu'il y a Niko ; et Niko dit la même chose, parce qu'il y a maman, parce qu'il y a papa et parce qu'il y a Dimi, Betty, Sacha, Niko, Dimi, Betty, Sacha,

Niko Dimi Betty Sacha Niko DimiBettySacha-Nikodimibettysachanikodimibettysachaniko vortex vertueux façonné par la détresse.

Quand Betty retourne auprès de Dimitri à l'hôpital Necker, elle se sent épuisée, mais elle se dit que c'était un bel hommage, elle est fière et elle a surtout le sentiment que sa fille était appréciée, avec sincérité, par toutes celles et ceux qu'elle côtoyait.

Être victime, c'est répéter pourquoi vous l'êtes, encore et encore. Des années après les faits, il faut continuer à l'expliquer, quitte à avoir l'impression de se justifier. Betty en est là. Mais au départ, elle n'a pas encore atteint le stade des constatations. Elle trie, progresse par étapes, dossier après dossier. Quand elle quitte l'hôpital et Dimitri pour se rendre à l'unité médico-judiciaire, elle n'est pas confiante. Là-bas, elle doit rencontrer une psychologue mandatée par la justice. Son rapport, sorte d'évaluation de l'état de Betty, sera intégré à l'enquête. Depuis qu'une psychologue hospitalière lui a demandé, droit dans les yeux, À combien estimez-vous votre perte, elle les évite, ne prend plus la peine de leur répondre au téléphone. Un autre l'a aussi interrogée alors que Nikola était à ses côtés, c'était peu de temps après la mort d'Angela, il a dit Que ressentez-vous envers P. ? Qu'est-ce que tu veux que je réponde à ça, et devant mon fils en plus, alors là je le regarde et je lui dis, Mais attendez, vous avez un questionnaire ou quoi ? Vous voulez cochez vos petites cases ? Et je l'ai envoyé chier. De toute façon, tout ce qu'ils veulent savoir, c'est si je vais me suicider, alors vous voulez savoir si je vais me suicider ? Non je vais pas me suicider, non, je peux pas là, tu vois, j'ai pas le temps, là faut que je m'occupe de ma famille, et tout ce qui trotte dans ma tête c'est pourquoi on a pas été tués tous les cinq, c'est tout, mais pour le reste il faut que j'assume.

Sur le trajet, Betty se dit que ce sera vite expédié, elle sera bientôt de retour auprès de Dimitri. Une fois sur place, une femme la reçoit dans son bureau. Il se passe quelque chose, elle n'arrive pas à expliquer quoi, mais Betty est transpercée par son regard. Elle s'assoit, l'entretien n'a pas encore débuté, mais elle sait déjà qu'elle va passer à table, cette femme l'attire, la confiance qu'elle lui porte d'office est instinctive, animale, elle dit qu'elle fonctionne à ça, donc elle se laisse aller, prête à partager sa douleur avec une inconnue. Les deux femmes s'assoient face à face, et la discussion commence.

L'experte psychologue se présente, elle explique son rôle, le but de cet entretien, le ton est posé, elle ne quitte pas le regard de Betty, et Betty ne quitte pas son regard. Alors elle se lance : elle parle d'Angela. Elle se demande comment réussir à vivre sans elle, comment affronter les épreuves à venir. Elle lui dit qu'elle est la mère, que le soir des faits elle a tout vu et qu'elle est la seule à être restée debout. Elle lui dit qu'à cet instant, elle ne sait plus si elle a encore sa foi. Elle la décrit comme une compagne de toujours qu'elle croyait immuable comme la croix autour de son cou. Mais maintenant elle doute, parce qu'elle ne peut pas se dire que la volonté de Dieu a dicté ce qu'il s'est passé, parce que l'accepter c'est devenir folle. Mais elle dit aussi qu'elle Lui est reconnaissante d'avoir préservé ses deux garçons, c'est un miracle qu'ils aient survécu alors elle ne peut pas perdre sa foi. Elle lui dit qu'elle doit préparer la cérémonie des quarante jours d'Angela, elle lui explique que, selon le rite orthodoxe, c'est un moment très important, parce qu'au quarantième jour l'âme purifiée se sépare du corps pour rejoindre Dieu, alors il faut l'accompagner, mais avec cette foi chancelante elle peine à trouver la force nécessaire. De toute façon, elle dit qu'elle n'a pas le choix d'être là où elle est, et qu'elle doit le faire, pour sa fille. Les rares relances de la psychologue se font la gorge serrée, Betty sent qu'elle ne feint pas, alors quand la psychologue lui demande si elle a des idées noires elle répond sans animosité, La seule chose qui compte pour l'instant, c'est Dimitri, Nikola et Sacha. Lors de cet entretien, Betty ne doute pas de ses mots, ils viennent dans l'ordre et dessinent avec précision ce qui couve à l'intérieur. Au moment de partir, la psychologue lui confie son numéro de portable et lui assure qu'elle peut l'appeler à n'importe quel moment. Sur son rapport, l'experte note quatre lettres, ESPT pour état de stress post-traumatique accompagné d'un qualificatif : aigu.

Quelques jours plus tard, la mairie de Sept-Sorts appelle Betty pour la convier à venir récupérer tous les cadeaux déposés en hommage devant la pizzeria Cesena. Elle s'y rend, récupère cinq cartons remplis de peluches, de dessins, de bougies éteintes, de photos. Depuis le 15 août, elle passe tout son temps auprès de Dimitri à l'hôpital, elle n'a quasiment jamais remis les pieds dans la maison ou alors en coup de vent. Cette fois, elle décide d'y aller pour y déposer ces souvenirs et récupérer quelques affaires, mais elle appréhende parce que c'est la première fois qu'elle y retourne seule. Elle se gare, trouve la maison vide et, comme elle s'y attendait, cela l'effraie. Elle décide de faire vite, ouvre la porte, traverse le salon sans lever le regard. Elle arrive sous la véranda, et là les cartons lui tombent des mains, tout est là, comme si le temps s'était figé : la table de ping-pong bleue avec les raquettes posées de chaque côté, la balle orange sous l'une d'entre elles, la scène est telle qu'Angela et Nikola l'ont abandonnée avant de filer à la pizzeria ; sous le préau, les baskets d'Angela et de Dimitri n'en finissent plus de sécher, Betty les avait lavées ce 14 août. Elle fait demi-tour. Elle s'apprête à remonter dans sa voiture, elle aperçoit les jerricans d'essence près du cabanon, elle s'arrête de bouger, elle se dit qu'elle va tout faire cramer. Puis Betty repense à Dimitri, à Nikola, à Sacha, elle dit que c'est comme un réflexe pour retrouver sa lucidité, juste ce qu'il faut pour démarrer le moteur et s'enfuir.

Sur la route, ses deux mains étranglent le volant, elle voudrait l'étouffer pour que, dans un réflexe de survie, la voiture elle-même braque violemment et la projette contre un mur. Betty recherche la confrontation physique, le choc, elle en a besoin, elle veut faire exploser ce qu'elle a au fond du ventre. Avec Dimitri, elle réussit à faire abstraction de cette agressivité, mais quand elle est seule c'est plus fort qu'elle, la mâchoire se contracte, les sourcils se froncent. La haine fige son visage.

Pour la première fois, Betty prend conscience qu'elle ne va pas bien et qu'elle a besoin d'aide. Elle repense aux semaines précédentes. Ce qui lui saute à l'esprit, c'est le regard de l'experte psychologue et le soutien qu'elle lit sur son visage lorsqu'elle lui a dit Vous pouvez m'appeler à n'importe quel moment. Betty sort son téléphone, compose un numéro, elle entend un Allo ?, elle répond J'ai besoin d'aide. La psychologue de l'unité médico-judiciaire tient sa promesse, lui indique une psychiatre en qui elle a confiance, lui assure qu'elle va s'occuper d'elle. Avec les médicaments, l'agressivité de Betty s'estompe un peu. Elle ne remerciera jamais assez cette femme de lui avoir évité la folie.

Après l'expertise psychologique, Betty, Sacha et Nikola sont convoqués à la gendarmerie. Moins d'un mois s'est écoulé depuis les faits, les images de la soirée sont encore vives, elles tapissent leurs crânes, et pour répondre aux questions de l'adjudant en charge de l'enquête, ils n'auront qu'à faire défiler leur attention le long de cette fresque intérieure. Ils se préparent à une nouvelle épreuve qu'il faut affronter séparément, ils ont été prévenus. Betty, Sacha et Nikola seront auditionnés au même moment dans trois salles différentes par trois officiers différents. Chacun est amené à raconter sa version, sans être influencé par le témoignage des autres. La méthode n'est pas parfaite, les gendarmes ont bien conscience des conséquences d'un tel choc : la douleur, le stress, la peur et la colère encroûtent déjà les souvenirs, les malaxent, quelques détails sont modifiés – l'expression d'un visage ou d'un regard – on en occulte d'autres pour se protéger, on ajoute aussi des évidences pour tenter de donner un sens à un récit qui en manque toujours. Quand la famille d'Angela se présente à la gendarmerie, les enquêteurs ont tout cela en tête. Ils sont accueillis avec respect, l'adjudant en charge des investigations impose dès le départ un cadre rassurant, digne. En quelques mots, il réussit à gagner leur confiance, il leur dit que ce n'est pas un acte terroriste, mais que les dégâts sont les mêmes, il dit aussi que certains gendarmes n'ont encore jamais été confrontés à de tels faits et que c'est peut-être là l'enquête d'une vie, ce pour quoi ils sont utiles et ce pour quoi ils font ce métier. Avec son équipe, il promet qu'ils feront tout ce qu'ils peuvent pour s'approcher de la vérité et essayer de comprendre. Betty, Sacha et Nikola ressentent tout de suite leur investissement et leur détermination, ça leur fait du bien de constater que leur histoire n'est pas prise à la légère et qu'ils ne sont pas des victimes comme les autres. Les enquêteurs cherchent à décrire le plus exactement possible les manœuvres de la voiture avant qu'elle ne s'élance vers la pizzeria. Leurs questions pourraient paraître idiotes, parce qu'ils s'arrêtent sur des détails, ils insistent particulièrement avec Sacha puisqu'il était assis en face de la BMW, il a tout vu, le premier coup de volant à droite presque à quatre-vingt-dix degrés pour s'orienter vers le restaurant, le deuxième à gauche encore à quatre-vingt-dix degrés vers le parking, et puis un troisième à quarante-cinq degrés pour les cibler.

*Question :* Aviez-vous déjà vu cet homme, le conducteur ?

*Réponse :* Non.

*Question :* A-t-il hésité lors de ces manœuvres ?

*Réponse :* Non, pour moi il venait dans la pizzeria, c'était son but, clair et net, ces manœuvres d'ajustement le prouvent.

*Question :* Le conducteur a-t-il dit quelque chose ?

*Réponse :* Non, il avait juste un regard froid.

Quand les gendarmes parlent des enfants, ils ne tournent pas autour du pot, ne s'arrêtent pas sur les blessures, seulement les faits. Quand l'adjudant aborde le cas d'Angela avec ses parents, il dit dès le début qu'il a eu accès à l'autopsie et il assure qu'elle n'a pas souffert, qu'elle est morte sur le coup. En l'écoutant, Betty et Sacha se disent qu'il s'exprime avec franchise, et ils prennent cette parole comme une marque de respect. Ces échanges durent plus de trois heures. Quand ils sortent de la gendarmerie, ils sont à la fois exténués et soulagés : ce n'est que le début, mais l'enquête est entre de bonnes mains.

Leur vie devient une succession de rendez-vous. Il faut être à telle heure à tel endroit pour rencontrer telle personne, qui souvent porte une blouse blanche, mais parfois il s'agit simplement de déposer un document administratif à un guichet. À la maison, plus personne n'est en capacité de travailler, donc

Betty remplit beaucoup de papiers pour être aidée, c'est un labyrinthe, et quelquefois elle a l'impression que même ses interlocuteurs ne comprennent pas la logique et les entrelacements des dossiers qu'elle doit constituer pour un accompagnement auquel sa famille a droit.

Après l'hôpital, Dimitri est admis dans une unité de rééducation spécialisée à Antony en région parisienne. Un peu plus d'un mois après la soirée du 14 août, on lui enlève ses broches pour les remplacer par un plâtre intégral qui le recouvre des pieds jusqu'aux aisselles. Il ne peut toujours pas bouger. Betty est autorisée à aller s'installer là-bas, une chambre lui est réservée.

Sacha est revenu vivre dans leur maison avec Nikola, qui a repris les cours trois semaines jour pour jour après le décès d'Angela. C'est l'année du baccalauréat. L'aîné de la famille veut faire preuve de courage, tenter d'être du côté des adultes. La nuit, il se réveille. Sa sœur sous terre, il ne supporte pas. De toute façon, pour lui, ce n'est pas *vraiment* réel. Angela a subi une injustice, elle va sortir de là, elle va revenir, et ils reprendront leur vie de famille là où ils l'ont laissée.

Les journées de Sacha sont rythmées par les visites, et ça commence très tôt le matin, avec l'entraîneur de basket d'Angela. Vers sept heures, il gare sa voiture devant le portail, frappe à la porte pour s'annoncer, mais il sait qu'il n'a pas à attendre que quelqu'un ouvre, il entre. C'est une routine quotidienne : il prend quelques bûches, les dispose dans la cheminée, allume le feu qui rapidement ravive l'atmosphère du salon. Dans l'un des canapés, Sacha est allongé avec sa jambe raide, la chaleur traverse son corps, il se ragaillardit en écoutant son ami qui ne part jamais sans avoir fait couler le café et échangé quelques mots. Quand il s'apprête à aller travailler, il n'oublie jamais de dire À demain, comme s'il fallait relier les jours les uns aux autres, les aligner sur un fil pour se rappeler que, quoi qu'il arrive aujourd'hui, il y aura demain, et que demain il sera toujours là pour diffuser l'odeur du café dans le salon et remettre des bûches dans la cheminée, voilà, au moins il y aura ça. Sacha souffre de l'absence de sa fille, de ses jambes, de sa haine, mais tous les matins, à cet instant précis où l'air réchauffé par le feu atteint sa peau, se diffuse le long de ses cicatrices, son corps lui fait du bien, et il s'accroche à cette sensation, parce qu'il sait qu'elle ne dure pas. Le midi, Olivera prend le relais. Cette amie du couple, elle aussi de nationalité macédonienne, tient à préparer le déjeuner et à accompagner Sacha pendant le repas. Pour le reste de la journée, son beau-frère Zlatko a mis en place un roulement parmi les proches afin que Sacha ne soit jamais seul. Le planning fonctionne assez bien. Il y a aussi les passages quotidiens de l'infirmier ou de l'infirmière pour changer ses pansements. Les jours passent, et Sacha se laisse porter.

Avec Betty, ils se sont vite rendu compte qu'il fallait réorganiser l'espace. Par exemple, la chambre. Les photos d'Angela ont été décollées du mur, les cadres sur la table de chevet ont été déplacés, maintenant on peut les voir dans le couloir et dans le salon. Angela passe de l'espace privé à l'espace public ; d'individuels, ces souvenirs deviennent communs, elle existe pour toutes celles et tous ceux qui croisent son regard, et pas seulement dans le cœur de sa famille. Pas un instant Betty n'a pensé à les retirer de la maison, trop peur qu'elle s'efface et les souvenirs avec, Les photos doivent être là, comme ça je sais qu'elle est tout le temps là. Au cimetière, la chapelle qui abrite la tombe d'Angela est également peuplée d'images. Assise en face du visage de sa fille, elle la supplie souvent de l'aider à tenir. Parfois, elle se dit qu'elle est idiote de s'adresser à une pierre tombale.

## Avril 2018
## Village de Carbini, Corse du Sud

Elle est là, en haut de la Punta. Une croix de plusieurs mètres en bois massif, poli, encastrée dans la pierre granitique au sommet d'un éperon rocheux, elle toise le village en contrebas même si sa pointe semble communiquer avec celle du campanile de l'église de Carbini. Autour, la montagne verdoyante de l'Alta Rocca couve l'endroit, son autorité naturelle ordonne à la plaine de conserver sa fraîcheur et sa quiétude.

En haut de cette butte, le silence n'est pas l'absence de bruit : il s'impose à lui. D'un souffle il chasse les agitateurs et les escorte jusqu'à la côte et ses plages lumineuses. Ici, seuls les derniers rayons du soleil se brisent sur la croix de la Punta. Tout à coup, un rire aigu perturbe le calme, puis un juron, mais le silence aussitôt réagit : plus un bruit. Un premier visage apparaît en bas du sentier menant jusqu'au sommet, celui de Nikola. Dans ses bras, il porte Dimitri, tout sourire d'être au contact de son grand frère et de sentir sa force. Il n'a plus de plâtre, seulement une attelle, il a retrouvé une partie de sa mobilité, mais c'est encore trop tôt pour la randonnée, et puis jusqu'à présent Nikola fait bien l'affaire. Son frère a le visage rouge, le souffle saccadé de celui qui est en train de fournir un effort intense. On l'avait prévenu : la Punta, ça grimpe raide, alors Betty a pris l'avertissement au sérieux, Niko quand t'en peux plus tu nous le passes. Évidemment, Niko a voulu montrer à son petit frère qu'il était capable de l'emmener seul jusque là-haut, mais à quelques mètres de la croix ses muscles tremblent et les milliers de cigarettes qu'il a fumées depuis la mort de sa sœur se rappellent à lui, d'où le « Putain » autonome lâché au moment d'apercevoir la fin de son calvaire. Sa mère plaisante et se moque de lui, Mais oui Niko, t'es un bonhomme maintenant, c'est bien, et derrière, on ne le voit pas encore, mais on reconnaît le rire grave de Sacha, lui aussi visiblement très essoufflé. Niko en rigole, mais pour lui ce n'est pas une question de fierté, c'est une question de responsabilité. Maintenant qu'Angela n'est plus là, ils forment un binôme solidaire avec son petit frère, alors Nikola prend en charge ses faiblesses, il les porte avec tout le reste et il grimpe jusqu'où on lui dit de grimper. Faire comme si c'était normal.

Puis le crâne chauve de Sacha surgit, puis le corps de Sacha, la démarche claudicante, les bras lourds projetés en avant pour l'aider à monter, et puis sa jambe raide qu'il traîne comme un boulet. Il marche, mais son regard ne quitte pas le sol, à l'affût de la moindre crevasse ou d'un rocher mal emboîté sur lequel il risquerait de poser ses appuis fragiles, susceptibles de se dérober à la moindre difficulté. Il vit désormais avec la douleur, odieuse, mais sur son visage on ne lit rien, il la garde pour lui, il avance et il est sur le point de rejoindre ses fils près de la croix.

En queue de peloton, il y a un couple d'amis. Ces derniers sont responsables du théâtre municipal de La Ferté-sous-Jouarre, et comme beaucoup d'autres ils ont promis de les aider. Ils ont organisé une soirée de soutien quelques mois plus tôt. Ils ont surtout insisté auprès de Sacha et de Betty pour qu'ils viennent découvrir la Corse, parce que le couple possède une maison familiale sur l'île et qu'un séjour là-bas leur ferait beaucoup de bien. Jusqu'à la veille du départ, personne ne voulait y aller. Betty et Sacha ont rechigné à faire leurs valises, parce que partir en Corse c'est s'éloigner d'Angela. Mais leurs deux amis avaient l'air tellement sûrs de leur coup qu'ils ont quand même fini par se laisser convaincre : La Ferté-sous-Jouarre-Marseille, dix heures de voiture à bord du Santa Fe, un 4×4 acheté un an plus tôt parce que toute la famille devait partir en Macédoine, voyage qui n'existera jamais. À bord, quand Betty se retourne, il y a une place vide, celle du milieu. Nikola prend le relais pour divertir son petit frère. Heureusement, ils suivent la voiture de leurs amis. Quand ils s'arrêtent sur une aire d'autoroute pour déjeuner, ils se sentent moins seuls, la gentillesse et l'enthousiasme dont ils font preuve leur rappellent pourquoi ils sont au milieu de la France en train de partager des sandwichs triangles. À Marseille, on embarque sur le bateau, douze heures de navigation jusqu'à Ajaccio. C'est long, mais le voyage de nuit a le parfum des nouvelles choses, de l'aventure. Une fois débarqué, tout le monde remonte dans le Santa Fe, Carbini est situé dans les terres, il reste deux heures de route à travers les montagnes. Au village, ils découvrent les vieilles maisons en pierre, le calme et la beauté des paysages, Sacha a l'impression d'être en Macédoine. On les installe dans une chambre aérée. Par la fenêtre, ils ont une vue directe sur la croix de la Punta.

Ça y est, tout le monde est arrivé en haut : Nikola a déposé son petit frère au sol et s'est immédiatement allongé sur le dos, les bras écartés, les yeux fermés histoire de souffler un peu, attitude qui fait bien rire Dimitri. Sacha s'est assis sur un rocher, ça lui permet d'étendre sa jambe gauche, la sueur perle sur son front, il a sorti sa gourde et s'apprête à boire. Betty est à ses côtés, elle contemple les montagnes et le ciel rose. À cette heure du soir, les sommets s'embrument, commencent à se confondre les uns les autres. Leur ami qui les a emmenés jusqu'ici ouvre son sac en silence et en sort une pochette en plastique oblongue, ouvre la fermeture Éclair et plonge sa main à l'intérieur, il en sort une bouteille de rosé frais, des gouttes d'eau coulent le long du verre comme si elle venait d'être sortie du réfrigérateur. Il a tout prévu : le sac isotherme, le pain de glace et les gobelets qu'il distribue avec un grand sourire. L'ouverture de la bouteille, le liquide quasi transparent versé dans chaque verre, la première gorgée, les yeux plongés dans le paysage : tout ce cérémonial se déroule sans un bruit, on perçoit seulement les soupirs du vent. Et rien d'autre. La scène s'étend de longues minutes, une deuxième gorgée, puis une troisième, personne ne parle parce qu'il n'y a rien à dire, ou peut-être parce que chacun communique secrètement avec le silence. Sacha pose son verre, se lève et se rapproche de la croix, sort de son sac un cierge, il l'allume, la flamme vacille sous l'effet du vent, mais elle tient bon. Elle est là, en haut de la Punta : Angela est parmi eux.

Est-ce l'air ambiant, est-ce le regard des gens, est-ce le cadre, Nikola l'ignore, mais il dort beaucoup, beaucoup et bien, il dort comme jamais il n'avait dormi depuis la mort de sa sœur. Il passe des nuits profondes, sans réveil et sans rêve, et il se lève le matin avec une énergie nouvelle. Ce regain de vitalité parcourt aussi ses parents. Betty et Sacha se sentent bien dans cet environnement isolé, ici ce n'est pas la Corse de la fête, c'est la Corse pudique, celle des terres. Le village, c'est la famille, mais pas la même qu'à La Ferté-sous-Jouarre. Là-bas, les habitants continuent de les soutenir, et ils ne seront jamais assez reconnaissants pour toute cette compassion. Mais ils aimeraient parfois arracher leur costume de victimes et redevenir des voisins comme les autres, des clients de la boulangerie comme les autres, des clients de la boucherie comme les autres, au marché, à l'école, partout, parce que la commisération qu'ils perçoivent où qu'ils aillent les englue dans leur malheur et à un moment, On n'en peut plus, ça nous oppresse, on a besoin de respirer et c'est exactement ce qu'il se passe en Corse. Pour la première fois, ils prennent de la distance.

À Carbini, Dimitri souffle les bougies de son cinquième anniversaire. On chante autour de lui et on lui amène un gros gâteau au chocolat, lentement. Betty filme la scène. Plus le gâteau approche, plus le visage du petit garçon sort de l'ombre, éclairé par les bougies, et plus il rayonne, le sourire s'allonge, sur le dernier Joyeux anniversaiiiiiire, il est en pleine lumière et il est entouré par son frère, ses parents, et leurs amis. Il souffle, on l'applaudit et il rigole, maintenant on rallume et son visage réapparaît, toujours avec ce large sourire, il ne le lâche pas et ses parents s'y accrochent. Loin de l'hôpital, loin de La Ferté, loin de tout, faire comme si tout était normal.

Au mois d'avril, le village se repose : plusieurs dizaines de maisons en pierre – quand ils arrivent pour la première fois, Betty et Sacha ont la sensation que ces vieilles bâtisses se sont dressées en même temps que l'île – des murets construits avec les mêmes pierres, de grands arbres fruitiers, une mairie, une église et une communauté d'une centaine d'habitants tout au plus. Betty et Sacha ne le savent pas, mais le couple d'amis qui les accueille a annoncé leur venue. À Carbini, les Corses se sont passé le mot. Très vite, ils se sentent intégrés, mais jamais ils n'ont l'impression d'être ce qu'ils représentent à La Ferté. Un soir, le maire du village réunit les amis autour d'un cochon grillé. Avec Sacha, il fait tourner la broche en parlant de chasse et de sangliers. Ici, les anciens traquaient les bêtes et les dépeçaient en présence des enfants pour qu'ils apprennent, comme en Macédoine. Autour de la table, on mange avec les doigts tout en parlant de bouffe, comme en Macédoine. Ce soir-là, Sacha et Betty mélangent les vins et la Pietra, l'alcool n'est pas triste. À la moindre rugosité, il suffit de tourner la tête vers le ciel, le regard s'élance jusqu'en haut de la Punta, s'enroule comme un courant d'air autour de la croix de bois, puis redescend jusqu'au vin rouge, juste en dessous du nez, prêt à être ingurgité. La journée, c'est la même chose : si Angela revient, hop ! Punta, On met nos chaussures, on prend un cierge et on monte là-haut.

Il y a aussi les excursions à la fontaine de la Liccia, et là c'est le mouvement inverse, il ne faut pas regarder vers le ciel, mais s'enfoncer dans le maquis. La même bande se déplace à l'ombre des arbres, Nikola porte son frère avec courage, il sait qu'au bout il y a la récompense, l'eau de source pour se rafraîchir, l'eau de source avec laquelle il se fera éclabousser par Dimitri qui rira aux éclats, mais pour l'instant il faut courber le dos, avancer et masquer la douleur des bras gonflés par l'effort. Devant, Betty prend des selfies. Au premier plan de la photo, elle sourit, l'ombre et le soleil se disputent son visage, elle n'en a pas conscience, mais les jours passant, la peau tannée s'est détendue, elle a retrouvé sa douceur, les rides se sont peu à peu effacées, les pommettes remontent et la frange se positionne naturellement. Les habitants qu'ils ont rencontrés disent que c'est l'effet de l'eau de la fontaine, une eau sacrée parce qu'elle vient du cœur de l'île qui va la puiser dans ce qu'elle a de plus profond. Betty et Sacha ne sont pas avares de mythologies, alors quand ils découvrent l'abri en granit construit il y a des siècles par les hommes du coin, quand ils plongent leur visage dans l'eau de source, ils ont effectivement l'impression que ce liquide traverse leur épiderme pour vivifier le corps tout entier. Pour renforcer cette sensation, tout y passe : les bras, les jambes blessées, le ventre, la poitrine, les cheveux, et pour le dos, on plonge la casquette dans la vasque, on la ressort pleine d'eau et à peine l'a-t-on replacée sur la tête que le liquide s'élance le long de la nuque et se projette dans la vallée formée par la colonne vertébrale. Le torrent gelé coupe le souffle, mais c'est presque de plaisir. Betty, Sacha, Nikola et Dimitri prennent leur temps, profitent de cette fraîcheur.

Le midi, Sacha insiste pour aller manger dans une auberge, n'importe laquelle. Pendant sa convalescence, la jambe figée, il a passé des journées allongé devant la télévision. Quand leurs amis leur ont proposé de découvrir la Corse, il s'est d'abord dit À quoi bon, mais l'idée a quand même fait son chemin, elle s'est nichée dans un recoin sombre de son esprit, puis s'est fait oublier. Alors, sans que Sacha y prenne garde, cette idée a influé sur sa conscience. Tout a commencé par un reportage à la télé : il a les yeux à demi fermés, il sommeille quand tout à coup le mot « Corse » est prononcé par le journaliste, le mot « Corse » est projeté par les enceintes, le mot « Corse » traverse le salon et se faufile à l'intérieur des conduits auditifs, et comme par magie tout se réveille là-dedans, le mot agit comme une alarme, et voilà que le cerveau ordonne aux paupières de se relever, ce n'est pas de gaieté de cœur mais elles s'exécutent, et rapidement les deux yeux de Sacha ne sont plus obstrués. Ils découvrent alors une tablée à l'intérieur d'une vieille auberge et sur cette tablée il y a une grande marmite en fonte noire. Une femme en tablier se tient debout, seule possibilité pour attraper la louche accrochée au rebord, elle la plonge au fond et en sort une portion généreuse de ragoût, changement de plan, le ragoût apparaît en 16/9, tout l'écran de la télévision n'est plus que ragoût, résultat d'une plongée de la caméra dans la marmite. Les yeux de Sacha scrutent cette masse orangée, des corps blancs et des rondelles de ce qui ressemble à de la saucisse surnagent çà et là, il devine les haricots blancs, mais pas le *figatellu*, et toujours l'idée qui se démène pour aboutir ne serait-ce qu'à la possibilité de son accomplissement. Dans les semaines suivantes, Sacha tombe « par hasard » sur d'autres reportages réalisés en Corse. L'idée travaille, et sans crier gare son À quoi bon initial devient un Pourquoi pas, ce Pourquoi pas un Allons-y.

Assis sur un banc en bois massif autour d'une table en pierre, Sacha fait face à la marmite. Ce n'est pas la vieille dame vue à la télé, c'en est une autre qui se saisit de la louche accrochée sur le rebord sans se brûler. Le geste est sûr. Quelques instants plus tard, elle ressort de sa grande plongée emplie de ce même ragoût, revêtue d'une robe de parfums, c'est une explosion au visage de Sacha dont le nez inaugure de nouvelles sensations, piquantes et charnelles. Autour de lui, il y a Betty, il y a Dimitri et Nikola, il y a les amis corses rencontrés depuis peu, et Sacha se sent bien. Il sait aussi que, ce soir, il montera à la Punta pour allumer un cierge.

Betty l'observe, maintenant il se saisit d'un beignet à l'eau de vie, un, puis deux, puis un troisième. Depuis qu'elle est arrivée en Corse, elle ose repasser la porte des églises. À l'intérieur, elle retrouve une forme d'apaisement. Sa foi revient, doucement, Betty réapprend à la connaître, l'une et l'autre ne veulent surtout pas se brusquer, cela prendra le temps qu'il faudra, Mais comment veux-tu que ce soit un hasard ? Pourquoi on habite juste à côté de la Punta ? Et pourquoi depuis la fenêtre de la chambre où on dort, on peut voir en permanence la croix de la Punta ? Et pourquoi on se sent si bien quand on est là-haut ? À ce moment-là, je sais que je veux pas perdre ma foi, parce que j'ai pas envie de donner raison au diable. Et puis, pour nos amis qui nous ont invités à Carbini, c'est pareil ! Si on les a rencontrés, c'est parce que quelqu'un les a mis sur notre route, parce que ce quelqu'un savait qu'ils allaient nous faire avancer, et ce quelqu'un, c'est peut-être Angela.

Betty et Sacha leur seront éternellement reconnaissants pour ce séjour. En Corse, ils se sentent entourés, ils retrouvent un équilibre. Mais cela dure quinze jours.

Quelques mois plus tard, Betty, Sacha, Nikola et Dimitri partent seuls. Ils se sont préparés, c'est une manière de se tester. D'abord, la destination : un autre continent, une autre langue, d'autres paysages. Ce sera la République dominicaine. Les dix heures d'avion constituent l'espace-temps qui va les transférer d'un monde à un autre monde, du premier où Angela a été assassinée au second où Angela reste présente parmi eux. Dans le premier, ils abandonnent aussi les psychologues, les médecins, la rééducation et l'enquête, mais ils emportent des photographies d'Angela en petit format qu'ils se mettent autour du cou, sous le T-shirt. Elle part avec eux.

Une fois dans l'avion, Betty se sent apaisée, Dimitri et Nikola ont le moral, ils vont pouvoir enchaîner les films sur l'écran installé sur le dossier du siège avant. Betty regarde Sacha qui a réussi à trouver une position à peu près confortable pour sa jambe, elle rigole, Je te préviens, j'ai pris un cacheton, je vais bientôt dormir. Sacha tourne sa tête vers Betty qui continue de lui sourire, et dans ce sourire Sacha lit : Maintenant tu te débrouilles, un message clair et assumé alors que ses yeux se ferment paisiblement.

Le décollage est imminent, Nikola n'est pas rassuré en avion, mais il ne veut pas le montrer, alors il fait semblant devant son petit frère assis à côté de lui, il regarde par le hublot, l'air rêveur. Puis il retourne sur le menu déroulant de son écran, conseille Dimitri sur les films qui pourraient lui plaire. Dimitri l'écoute, suit le doigt expert de son grand frère sur l'écran tactile. C'est comme un numéro de prestidigitateur, l'attention est attirée vers ce qu'il faut voir pour dissimuler le truc ; parce qu'il y a un truc que Dimitri ne voit pas, et ce truc, c'est l'autre main de Nikola, agripée à l'accoudoir de son siège côté hublot, on croirait les serres d'un oiseau sur la branche d'un arbre, s'il pouvait percer le plastique avec ses ongles il le ferait. L'avion accélère, les moteurs bourdonnent, les dos collent au siège, les roues sont sur le point de se détacher de la piste. Un léger rebond indique que l'appareil ne touche plus le sol, il débute sa montée vers le ciel, le pire moment pour Nikola, mais vu de l'extérieur rien ne filtre, auprès de son petit frère il argumente sur le film à sélectionner, la magie opère.

Une fois la vitesse de croisière atteinte, la petite lumière derrière le logo de la ceinture s'éteint, signe que les passagers peuvent se lever. Dimitri a déjà des fourmis dans les jambes, et Sacha le sait, c'est à lui de s'en occuper. Comment l'empêcher de bouger alors qu'il a été privé de mouvements pendant des mois et des mois ? Les médecins ont aussi confié leurs interrogations sur la croissance de Dimitri : personne ne peut assurer qu'il n'aura pas de séquelles plus tard, personne ne peut assurer qu'il en aura, il va grandir et on verra, mais l'important, c'est qu'il bouge. Alors il bouge, il fait des allers-retours dans les allées de l'avion, ça le fait rire, et Sacha le suit, parfois il se rassoit pour le surveiller de loin, mais il a toujours peur qu'il tombe. La consolidation osseuse de Dimitri reste fragile : depuis le début de sa convalescence, il a chuté deux fois, et deux fois les os de ses jambes se sont brisés, il a fallu presque tout recommencer à zéro, de nouveau l'immobilisation, le plâtre, les pleurs et la rééducation. Sur son téléphone, Betty a conservé une vidéo de Dimitri, filmé lors d'une séance de kinésithérapie. Elle a été réalisée juste avant le départ en Corse, huit mois après l'attaque. On le voit de face, de plain-pied, en légère contre-plongée, les bras appuyés sur deux barres fixes en bois pour limiter le poids du corps sur ses jambes. Il peine à marcher. On entend les encouragements de Betty, Dimitri sort de sa concentration, il lève la tête, sourit en regardant l'objectif et quand il regarde l'objectif il regarde les yeux de sa mère que l'on imagine au bout des deux barres parallèles, accroupie en face de lui en train de filmer ses progrès. Cette vidéo est l'un des pires souvenirs de Sacha. Quand je vois Dimitri réapprendre à marcher, je repense au moment où il a appris pour la première fois, quand il était tout petit, et là je le vois avoir mal, ça me bouffe, j'ai la haine. Là, il a quatre ans et il se bat pour marcher, c'est un soulagement aussi, parce qu'il va marcher, c'est déjà ça, mais au fond j'ai l'impression que je vais exploser, tout remonte et c'est toujours pareil, quand je vois ça je me dis que j'en ai plus rien à foutre de rien. C'est ça le syndrome post-traumatique, parfois ça remonte d'un coup, et tu vis avec.

Betty somnole, Dimitri a regagné son siège et regarde un film avec son frère. Sacha se repose. Régulièrement, il passe sa main sous son T-shirt et recouvre la photo de sa fille. L'avion traverse l'Atlantique, la famille d'Angela quitte Cesena.

À Punta Cana, c'est la première fois que Betty, Sacha, Dimitri et Nikola se sentent bien à quatre, la première fois qu'ils se disent qu'une suite est possible. Angela est autour de leur cou, jamais loin.

J'ai bien fait d'écouter maman.

Nikola commence à s'ouvrir au pédopsychiatre qui l'accompagne depuis peu. Jusque-là, il n'en voyait pas l'utilité. Il visualisait les scènes de série télé chez le psy, et ça le faisait marrer, Qu'est-ce que je vais aller raconter ma vie à un type que je connais pas ?, vas-y t'inquiète, je gère.

Il a commencé par sécher les cours. À ne même plus prendre la peine de se rendre au lycée. Puis il a arrêté de se lever le matin. À quoi bon ? Ça tourne dans sa tête et ça bloque, à quoi bon à quoi bon à quoi bon. Sa sœur ne reviendra pas. Il l'a compris après les autres. Sa mère a insisté pour qu'il soit médicalisé. À quoi bon ? Et il y est allé une première fois.

Angela existe sur son avant-bras. Un imposant tatouage réalisé par un Macédonien de passage en région parisienne. Un soir, il est presque vingt-deux heures, Nikola est informé par sa tante que le gars peut le recevoir. Marquer sa peau du prénom d'Angela prend plus de deux heures. Elle ne le quittera plus. Quand il baisse le regard, il voit son prénom. J'ai treize ans, elle en a neuf, je la filme en train de sauter sur le trampoline du jardin, elle est hyper concentrée sur les figures que je viens de lui apprendre. Cinq minutes plus tard, Nikola troque la caméra pour une raquette de ping-pong, suivi par Angela. Elle sert comme son frère le lui a appris, elle est toujours aussi appliquée, les yeux rivés sur la balle au moment de l'effleurer pour lui donner de l'effet. Elle devine le visage flou de son frère, au second plan, elle sait qu'il est en train d'éplucher son geste. On arrêtait pas de se défier, et je lui disais Jamais tu me battras ! Ça me faisait rire, mais elle, elle était tellement déterminée. En vacances, on partait en camping, au bord de l'Atlantique. Avec Angela, on participait à tous les tournois, ping-pong, basket, on faisait tout. Et honnêtement, c'est pas de l'arrogance, mais c'était souvent la meilleure parmi les enfants de son âge. Nikola s'arrête de parler.

En fait, un jour, elle aurait sûrement réussi à me battre.

Nikola dit qu'à chaque fois qu'il regarde son tatouage il invoque sa sœur. Ils ont passé treize ans ensemble. Depuis toute petite, Angela l'a toujours suivi, elle a toujours essayé de faire comme lui, sans jamais avoir peur de rien. Peut-être était-ce la meilleure façon d'apprendre ; peut-être était-ce le meilleur moyen de le rendre fier.

Alors maintenant, quand il rend visite à Angela, deux à trois fois par semaine, les rôles sont inversés. Ce n'est plus lui qui donne les conseils. Au cimetière, il commence toujours par rallumer quelques bougies, puis il s'installe près d'elle. Il fume en silence. Nikola a rencontré une fille, mais il doute parfois de ses sentiments. Tu crois que je devrais faire quoi ? Et les cours, je me demande si vaudrait pas mieux que j'arrête. Tu ferais quoi à ma place ? Tu m'envoies des signes ? La cigarette se consume, il regarde le visage d'Angela sur les photos, il la trouve belle, il le lui répète. Nikola n'est pas du genre à s'épandre quand il s'agit de confier ce qu'il garde au fond de lui, mais cette fois il partage à voix haute le dialogue intérieur qu'il entretient avec sa sœur. Avec elle, c'est autre chose, c'est fluide, elle est omniprésente, elle recouvre sa peau, le bout de ses doigts, ses yeux, son sourire et ses larmes quand il évoque la fierté d'avoir été son frère et de l'être toujours. Cette survivance échappe aux mots, aux images. Avant de partir, je lui souris, je lui dis Je t'aime, et je rentre à la maison.

Nikola s'interroge quant aux souvenirs que son petit frère conservera. Certains disparaîtront. L'amnésie infantile recouvrira un espace encore imprévisible. Angela s'occupait tout le temps de Dimitri, il dit que c'était comme une deuxième maman pour lui. Elle était attentive, bien plus patiente que son grand frère. Un jour, Dimitri a demandé des photos d'Angela pour les coller sur les murs de sa chambre. Nikola en a glissé une dans son portefeuille.

Quand il croisera un groupe de filles dans la rue, il se dira toujours qu'Angela aurait pu être l'une d'elles.

Quand il écoutera une chanson, il entendra toujours sa sœur la fredonner.

À chaque fois qu'il jouera au basket dans le gymnase qui porte désormais son nom, il se dira qu'avec son talent et sa détermination elle aurait réalisé tout ce qu'elle voulait.

À chaque fois qu'un ami lui parlera d'une de ses sœurs, il regardera son tatouage et il invoquera la sienne.

Dans la jambe de Sacha, le problème est désormais bien identifié. Il peine à plier son genou, trente degrés au maximum. Avant sa deuxième opération, le chirurgien lui a dit : Je vais l'ouvrir, voir ce qu'il y a à sauver, et si je peux faire quelque chose, je le fais. Après l'opération : Votre ménisque est broyé, il n'y a rien à faire ; votre ligament croisé postérieur aussi, on oublie, vous vivrez sans. La plaie forme un trou béant qui peine à cicatriser totalement. Après plusieurs essais, opérations, infections et nouvelles techniques pour le reboucher, les médecins optent pour une greffe, on dit aussi un « lambeau » : ils lui prélèvent quinze pour cent de son mollet afin de compenser la perte du ligament et combler l'espace abandonné par le corps. Sacha en est à sa cinquième opération. À chaque nouvelle proposition pour faire gagner quelques degrés à l'articulation, il répond On y va on y va on y va ! et derrière : pansements, rééducation, pansements, rééducation, etc. Contre la douleur psychique, il y a les antidépresseurs. Contre la douleur physique, il y a le Tramadol. Mais au bout de quelques mois, Sacha en a eu marre, J'en peux plus, arrêtez ça, j'ai l'impression d'être un légume avec ce médicament. Alors son chirurgien a trouvé une autre solution, moins efficace pour lutter contre la douleur, mais comportant moins d'effets secondaires. Tous les six mois, il reçoit trois injections dans le genou pour nourrir le cartilage, c'est toujours le cas aujourd'hui. Et puis, pour la douleur en général, il y a aussi l'alcool, Je sais que c'est pas un médicament, mais je suis obligé, c'est comme une béquille, ça empêche les larmes.

À Betty, on propose un nouveau traitement encore à l'essai, un protocole thérapeutique importé du Canada après les attentats de 2015 et de 2016. Betty rejoint la cohorte des patients tests de l'étude clinique Paris MEM pour Paris Mémoire Vive. Pour la plupart, ce sont des victimes du Bataclan, des terrasses parisiennes visées le 13 novembre 2015 ou des victimes du camion bélier à Nice le soir du 14 juillet 2016.

Cela confirme ce qu'elle a toujours dit : Betty est soignée comme une victime d'attentat, sa famille a été la cible d'un attentat. Elle signe un formulaire de consentement, elle lit précisément l'intitulé de la recherche : traitement des troubles post-traumatiques avec blocage de la reconsolidation. La docteure qui va l'accompagner pendant les six prochaines semaines lui explique le principe. Les souvenirs ne sont pas stockés dans le cerveau comme s'ils étaient gravés dans le marbre. Ils sont réactualisés en permanence tout au long de la vie. On en perd, on en crée de nouveaux, d'autres évoluent, se modifient sans qu'on y prenne garde. Le problème avec un souvenir traumatique, c'est qu'il est bloqué et qu'il écrase tout le reste à cause de sa charge émotionnelle. Le traitement vise à amoindrir ces émotions pour que le souvenir puisse être traité, rangé, étiqueté, classifié. Pour qu'il ne prenne plus toute la place. Pour cela, il y a une molécule : le Propranolol. La suite, Betty l'expérimente.

Au premier rendez-vous, on l'installe dans une petite pièce de l'hôpital de la Pitié-Salpêtrière. On lui donne un comprimé de Propranolol, on lui donne une feuille blanche, un stylo, et on lui demande d'écrire ce qu'elle a vécu le soir du 14 août 2017, on lui demande de rédiger son témoignage à la première personne du singulier, au présent avec le plus de détails sensoriels possible. Alors elle s'exécute, c'est comme si elle y était, elle pleure sur sa feuille et elle commence déjà à douter de l'innovation de ce traitement. Au bout d'une heure, on vient la chercher. Elle a terminé. On lui explique que le médicament est censé faire effet. On l'invite maintenant à lire son texte à voix haute. Alors elle s'exécute, elle lit et c'est toujours aussi insupportable. La docteure ne dit rien, elle ne fait qu'écouter ce récit, elle la rassure aussi en lui disant que ce n'est pas un traitement miracle, que cela prend du temps. Le Propranolol agit sur une zone du cerveau qui opère dans le traitement de la mémoire. Quand elle raconte ce qu'elle a vécu, c'est comme si elle actualisait son souvenir. Le médicament vise à atténuer la charge émotionnelle au moment de cette mise à jour. La séance se termine. Betty est dévastée. Elle est invitée à revenir la semaine suivante. En tout, il y aura six rencontres qui se dérouleront toujours de la même manière.

La sixième fois, Betty prend son médicament, attend qu'il agisse. Une heure plus tard, elle fait face à la même personne qui va écouter pour la sixième fois comment elle a perdu sa fille. Cette sixième fois, Betty n'arrive pas à aller au bout, elle déchire sa feuille par dépit et la jette par terre, Ça sert à rien votre traitement, à chaque fois que je sors de là c'est encore pire, je peux plus. Aujourd'hui, elle dit que de toute façon elle ne veut pas oublier, mais elle se demande quand même si le traitement a eu un effet. Peut-être qu'elle ne s'en rend pas compte. Elle serait curieuse de lire le compte-rendu de son cas.

Dans la vie courante, il y a aussi les invitations à gérer, celles des événements heureux comme les anniversaires ou les mariages. Ce n'est pas que Betty et Sacha ne veulent pas y aller, ils sont toujours reconnaissants qu'on ne les oublie pas, mais c'est trop difficile, quelque chose s'est éteint, On leur veut pas de mal, mais on les envie, et quand Sacha exprime cette idée, sa voix et son regard sont remplis d'amertume, Imagine : toi tu m'invites à ton mariage, tu as du respect pour moi, mais je te promets, tu vas me voir là, assis sur une chaise sans pouvoir vraiment bouger, et tu vas pas te sentir bien. En me regardant, tu sauras que je pense à ma fille, parce que je me suis toujours dit qu'un jour, ce serait à moi de l'accompagner à l'église. Moi, j'ai pas envie de gâcher ta fête, donc je préfère pas venir, je préfère passer te voir quelques jours plus tard, voilà. On était fêtards, ça c'était nous avant, mais à l'intérieur c'est mort, aujourd'hui c'est plus nous.

Sacha dit Moi et parfois il dit On pour dire Betty et lui, le « on » formule le périmètre du couple. À plusieurs reprises quand ils racontent leur histoire, ils disent Heureusement qu'on était là l'un pour l'autre, parce que sinon on aurait pas pu, on aurait pas tenu. Sacha profite de l'absence de Betty (partie chercher de l'eau, partie chercher Dimitri, partie répondre au téléphone) pour expliquer pudiquement comment il voit leur quotidien : On a un poids de cent kilos qu'on doit porter, tout le temps. Notre force c'est que, quand je la vois tomber, je la décharge, je prends trente kilos de plus et *hop*, elle se relève et on avance. Pour nous, c'est ça, continuer avec la violence qu'il y a en nous-mêmes, on se transmet le fardeau, je tombe, tu prends ; tu tombes, je prends, etc., mais où qu'on aille, on a ce poids et on le partage. Quand c'est au tour de Sacha de s'absenter pendant que Betty raconte ce qui leur est arrivé, elle aussi délivre quelques phrases en aparté pour bien saisir la nécessité de leur duo. À plusieurs reprises, elle dit qu'elle a beaucoup parlé de sa foi avec Sacha, c'est à lui et à lui seul qu'elle a pu confier ses doutes, même pas à Dieu, et il faut bien entendre ce que cela signifie, ne serait-ce qu'entrouvrir la porte au doute et l'assumer devant son mari : c'est rejeter ce qu'ils sont, arracher leurs racines. Sacha et Betty sont croyants, la religion orthodoxe fait partie d'eux, autant que leur enfance. La perte d'un enfant peut tout détruire, tout le reste, mais jusqu'à présent le couple tient bon et leurs deux fils avec, ils disent que c'est ça aussi vingt-cinq ans de mariage, mais il y a autre chose, quelque chose d'insaisissable, qui n'a pas de nom, le langage s'épuise à désigner ce qui les empêche de tomber dans le vide, ce n'est pas l'amour, parce que d'autres couples ont sombré avant eux, mais c'est dans l'air quand Betty et Sacha se confient et ça jaillit à certains moments précis, quand les mots entrent en résonance avec le corps et que le corps et la parole ne font plus qu'un ; par exemple quand Sacha dit : Je tombe, tu prends ; tu tombes, je prends ; je tombe, tu prends ; tu tombes, je prends, et qu'il le répète même tout bas, le regard fixe, pour être bien sûr que le message est passé, que l'on mesure ce qu'ils ont en partage, la force et l'endurance qu'il faudra pour aller au bout, et il n'y a pas de doute à avoir, ils y arriveront, au bout, mais c'est quoi le bout ? Le deuil ? ou l'oubli ? ou le renoncement ? Au bout, il y a peut-être l'essence de cette chose sans nom, sans mot pour la qualifier, cette chose qui les fait tenir debout, droit.

Sacha se bat avec son genou. Le matin, à froid, rien à faire, sa jambe bloque, l'articulation ne veut pas répondre, ou alors c'est trop douloureux. Il faut recommencer, les mêmes exercices, forcer les mêmes mouvements pour détendre les câbles et décrocher la rouille. Une septième opération est envisagée, ce sera certainement la dernière : anesthésier le genou et le faire céder, le contraindre par la force. En attendant cette opération, il est accueilli dans un nouveau centre de rééducation. Il fait la connaissance d'une énième kinésithérapeute, mais dès ses premiers mots il perçoit l'accent, la proximité possible d'une langue. Elle est croate, et Sacha dit qu'elle parle yougo, comme lui, Elle est de chez nous. La soignante a connaissance de ce qui est arrivé à sa famille, dans le coin tout le monde le sait de toute façon. Mais elle y a été particulièrement sensible, et quand elle rencontre Sacha, elle est heureuse de pouvoir l'aider. Au fur et à mesure, Sacha devient son protégé, elle prévient tout son service : Avec celui-là vous faites bien attention, OK ? Elle rencontre aussi Betty, elle devient une amie du couple.

Un jour, au centre de rééducation, elle confie à Sacha qu'elle ressent les âmes des morts, puis elle lui dit Ta fille elle est bien.

Des mois plus tard, Betty et Sacha l'invitent à venir boire un verre chez eux. Ambiance joyeuse, le courant passe vraiment bien entre les trois. Avec elle, ils n'ont pas l'impression de faire semblant, ils se sentent à l'aise. Dans le salon, Dimitri est affalé devant la télévision, il joue avec la télécommande. Elle tombe une fois. Deux fois. Il la jette en l'air avec un léger effet, la télécommande s'envole et vrille comme une gymnaste avant de redescendre lentement, mais Dimitri ferme sa main trop tôt, la télécommande bute sur son poing clos, la réception vire au chaos, la télécommande chute et frappe le sol pour la troisième fois, le choc délivre les piles de leur prison de plastique, elles s'échappent en roulant. Sur la terrasse, Sacha se lève et s'en va dire à Dimitri ce qu'il pense de ses jeux de mains.

Il n'est pas en colère, simplement irrité. À peine une minute plus tard, il ressort et retrouve sa femme et leur nouvelle amie installées autour de la table du jardin. Personne ne parle. Il se rassoit et reprend sa bière là où il l'avait laissée. La soignante rompt le silence, J'ai entendu rire votre fille quand tu engueulais Dimitri.

Comment veux-tu croire que c'est un hasard si on a rencontré cette femme ?

**Mercredi 14 août 2019**
**Théâtre municipal de La Ferté-sous-Jouarre**

Pour cette deuxième commémoration, le choix s'est porté sur un lieu clos. En réponse à l'appel des parents d'Angela, ils sont plusieurs dizaines de victimes à se réunir dans la grande salle du théâtre de la commune. Mais cette fois, ce n'est pas vraiment une cérémonie. Sacha souhaite que celles et ceux qui ont souffert ou souffrent encore prennent la parole, racontent leurs difficultés au quotidien, leurs angoisses, leurs questionnements sur les procédures en cours, sorte de thérapie de groupe improvisée. Les tables ont été collées les unes aux autres pour former un grand carré autour duquel chacun s'installe. Depuis le début, Sacha constate bien qu'avec Betty, ils sont les seuls parmi les victimes à oser prendre la parole. Angela est morte, quelle décence il y aurait à aller pleurer en public pour des blessures physiques ou psychologiques ? Mais en quelques mots, Sacha fait sauter cette pudeur, Moi je vous dis, on a tous perdu quelque chose, tout le monde me dit oui, on est de tout cœur avec vous, mais moi j'en ai marre, j'en ai marre d'entendre ça, oui j'ai perdu ma fille, mais je suis pas seul, vous êtes quarante-huit aussi. Quarante-huit pour les quarante-huit tentatives d'assassinat pour lesquelles P. est poursuivi. Sacha pense au groupe, à la force du nombre et il compte aussi sur les autres clients de la pizzeria pour récolter un maximum de détails sur ce qu'il s'est passé ce soir du 14 août 2017. Il sait qu'à partir de tous ces témoignages, il pourra reconstituer la scène, et en particulier tout ce qui lui a été dissimulé, tout ce qu'il n'a pas pu voir.

Les premières prises de parole sont timides, mais Sacha a quand même débloqué quelque chose. Plusieurs personnes estiment ne pas être assez accompagnées par leurs avocats. D'autres se plaignent du temps de l'enquête, elles réclament un procès. Sacha et Betty se sont posé les mêmes questions, mais pour chacune de ces inquiétudes leur avocat leur a répondu.

Ce temps pris pour faire de la pédagogie a le mérite d'apaiser l'attente, Sacha et Betty ont confiance en lui, dans le travail méticuleux de la juge d'instruction et des gendarmes chargés de l'enquête, et c'est ce qu'ils répliquent aux autres victimes. Autour de la table, certaines ne font qu'écouter, mais Sacha est attentif, il faut que tout le monde se sente à l'aise, On est ici pour se dire les choses, et si vous y arrivez pas écrivez-les, et quelqu'un les lira pour vous, mais prenez la parole, n'ayez pas peur.

Peu de temps après, une femme frappe à la porte de leur maison. Betty et Sacha l'accueillent chaleureusement, ils reconnaissent une des victimes qui étaient assises à une table juste derrière eux. Ils discutent, Betty la rassure, lui dit qu'elle est la bienvenue et qu'elle peut tout leur dire, alors la jeune femme raconte son histoire, elle avait invité ses parents chez elle pour faire un barbecue, mais au moment de vouloir allumer le feu elle s'est rendu compte qu'elle n'avait plus de charbon, elle leur a dit Venez, on va au restaurant, et voilà comment elle s'est retrouvée à la pizzeria Cesena. Ses parents ont été grièvement blessés, elle aussi. Elle confie son immense sentiment de culpabilité, elle est fille unique, elle a mis en danger ses parents, elle les a blessés à vie, ça ne la quitte plus. Se livrer ainsi au couple la réconforte, et Sacha le ressent, il est fier parce que c'était exactement le but de ses déclarations au théâtre, Pas d'échelle de souffrance, pas de pudeur, on doit s'unir.

Un autre jour, on frappe encore à la porte. Sacha se lève pour aller ouvrir et découvre un homme qui semble apeuré, ils ne se sont jamais parlé, mais il le reconnaît. Le soir du 14 août 2017, il était au restaurant asiatique situé juste à côté de la pizzeria Cesena. Après le choc, il s'est levé et a couru vers la terrasse, il a découvert le carnage et il a plongé dedans, il est l'un de ceux qui ont tenté de porter secours à Angela. Assis au sol, il l'a tenue dans ses bras pendant un temps, c'est lui qui a essayé de voir si elle respirait encore, si son cœur fonctionnait toujours, il a assisté à l'arrivée des secours, aux premiers soins prodigués. Il a été témoin de ses derniers instants de vie. Sacha lui dit d'entrer, Qu'est-ce qu'il y a, ça va pas ? Il lui répond qu'il a appris que les victimes s'étaient réunies au théâtre et que Sacha avait appelé à ce que tout le monde prenne la parole, alors il a fini par se décider et il est venu directement pour leur parler enfin, parce qu'avant il avait peur, il avait peur de la réaction de Sacha, Il avait peur que je le tue, il me dit ça le mec, il avait peur que je le tue parce qu'il a pas réussi à sauver Angela alors qu'il la tenait dans ses bras. Mais je l'ai rassuré tout de suite, je lui ai dit, Tu sais quoi : à ton âge déjà, c'est énorme ce que tu as fait, il avait quoi, vingt ans ? Pendant que les autres filmaient, toi tu avais Angela dans les bras, tu étais là, ça veut dire que tu l'as aidée, ça veut dire que tu as fait tout ce que tu as pu, et en plus j'ai besoin d'entendre ça. Alors là, le mec me dit Ah bon ? et je sens qu'il souffle, il y a un truc qui sort de lui. Après il me dit qu'il a encore chez lui son jean et son T-shirt avec le sang d'Angela dessus et il dit Ça, je peux pas m'en séparer, personne n'y touchera jamais. Ensuite, Sacha aborde des sujets plus précis, il dissèque chacun de ses souvenirs afin de recréer les images de sa fille juste après le choc, tout ce qui lui est arrivé jusqu'à ce que la vie quitte son corps, il a besoin de ce fil pour savoir jusqu'où elle est allée, pour assumer ce qu'il n'a pas pu éviter. Sacha lui dit merci plusieurs fois, Tu fais partie de ma deuxième famille maintenant, celle qui s'est battue pour ma fille. Sacha et Betty le serrent dans leurs bras, il ressent une puissante chaleur l'envahir, et ça dure un temps, ses épaules retombent, le corps se décrispe. Il promet de revenir leur rendre visite bientôt.

Quelques mois plus tard, toutes les victimes sont convoquées au tribunal de Meaux. Le vœu de Sacha s'est réalisé : désormais, on s'entraide, on s'appelle, on se voit régulièrement, alors quand Sacha et Betty arrivent devant le palais de justice pour la reconstitution des faits, ils ne sont pas seuls. Ils se sentent prêts à affronter ce qu'ils vont voir.

Toute la soirée du 14 août 2017 a été recréée virtuellement. Sur la vidéo réalisée par les enquêteurs, ils découvrent à la terrasse de la pizzeria des dizaines de personnes attablées, mais ces personnes matérialisées en trois dimensions n'ont pas de visage. La voiture n'est pas non plus reconnaissable, c'est un modèle standard et non une BMW. C'est presque un soulagement pour Sacha et Betty parce que ce n'est pas tout à fait réel. À partir des témoignages, des images de vidéosurveillance et des données électroniques fournies par la BMW, les gendarmes ont reconstitué l'itinéraire de P. depuis son domicile jusqu'au moment de l'impact, un espace-temps d'à peine cinq minutes. Au départ, la voiture circule lentement, elle quitte La Ferté-sous-Jouarre pour arriver à Sept-Sorts via l'avenue Franklin-Roosevelt, puis elle s'arrête au feu rouge à l'entrée de la ZAC du Hainault. À cet instant, la vidéo se fige comme si quelqu'un avait appuyé sur le bouton pause, et le réel fait irruption, ça saute au visage des victimes et ça imprègne la peau, les yeux, le crâne, puis le corps, Sacha et Betty décrivent un frisson les traversant. Une photo. Au milieu de la reconstitution en trois dimensions, les gendarmes ont inséré une photographie, une capture d'écran pour être plus précis, issue d'une caméra de vidéosurveillance. Elle est horodatée, 20 heures 10 minutes et 21 secondes. Une minute plus tard, la voiture s'encastrera dans la pizzeria Cesena, mais à 20 heures 10 minutes et 21 secondes, elle ne s'est pas encore engagée dans la ZAC du Hainault, elle la longe. Au milieu du décor numérique, parmi ses reconstitutions géométriques et ses couleurs fanées, la photo s'extrait comme un rappel, son niveau de détails fait exploser la neutralité de la modélisation, tout ceci existe, et pour la première fois un visage apparaît à l'intérieur de la voiture, il n'y a pas de doute, c'est bien lui. L'angle de la caméra a permis de saisir cette image qui donne à voir les traits du conducteur, de face à l'intérieur de l'habitacle. Elle fournit une autre information : sur cette prise de vue, il regarde dans une direction. Ses yeux semblent s'être fixés sur quelque chose, et ce quelque chose ce n'est pas le feu rouge, non, c'est au-delà de son environnement immédiat, quelque part dans le hors-champ, quelque part dans la ZAC du Hainault. À cet instant, on aimerait que la caméra se tourne et qu'elle parte à la poursuite de ce regard, qu'elle observe à son tour ce qui retient l'attention du conducteur. Mais l'image reste fixe, puis elle disparaît. Le réel s'efface, les sans-visage reprennent leur rôle, et la voiture grise poursuit son trajet informatisé. Trente secondes après, elle tourne à droite, pénètre dans la ZAC et accélère. Cette photo est une preuve centrale de l'enquête, parce que les enquêteurs affirment qu'à 20 heures 10 minutes et 21 secondes, P. a regardé *fixement* dans la direction de la terrasse de la pizzeria Cesena.

Avant de foncer vers le restaurant, la voiture fait plusieurs manœuvres pour bien se mettre dans l'axe. Sacha reconnaît les détails de son témoignage qui d'après les enquêteurs ont été corroborés par les données enregistrées par les systèmes électroniques de la BMW. À la fin, les gendarmes remercient les victimes et leur font comprendre que la reconstitution symbolise l'aboutissement des investigations.

En avril 2020, soit près de trois ans après les faits, Betty et Sacha reçoivent un coup de téléphone du juge d'instruction : le dossier est bouclé, ouvrant la voie à un procès.

**Vendredi 14 août 2020**
**La Ferté-sous-Jouarre**

J'ai quarante-sept ans, mon pronostic vital a été engagé, boiterie à vie, j'étais table numéro 6, juste derrière la table numéro 7 occupée par la famille d'Angela. Trois ans jour pour jour après les faits, les discours des victimes s'enchaînent au pupitre installé devant l'hôtel de ville. Une autre prend la parole, elle dit Fracture du bassin et du péroné, quarante-cinq jours à l'hôpital de la Pitié-Salpêtrière et des mois de rééducation, elle dit La prison à perpétuité c'est tout ce qu'il mérite. Une des serveuses de la pizzeria a entendu l'appel de Sacha, impossible de raconter son traumatisme, alors son frère lit pour elle les mots qu'elle lui a confiés. Il pleut, mais près de cent cinquante personnes sur le parvis participent à la cérémonie. Sacha et Betty, T-shirts blancs à l'effigie d'Angela, écoutent les différents témoignages, ils sont émus du chemin parcouru en un an. Le groupe fait corps.

Nikola et Betty prennent la parole en dernier. D'abord Nikola, et enfin Betty. Elle a toujours écrit seule ses discours, Sacha les découvre au moment où elle les prononce :

Trois ans c'est à la fois long et court. Trois ans c'est à la fois beaucoup et peu – quand elle lit son discours, Betty a toujours la haine, elle est aussi déterminée que le jour où elle a croisé le regard de P., le soir des faits, alors qu'il venait d'être arrêté, ce jour où elle a regretté de ne rien avoir ramassé pour lui trancher la gorge ; quand elle lit, elle sent que les retrouvailles approchent et qu'il faudra être à la hauteur – Mais trois ans, ça nous paraît d'abord trop long. Nous aurions probablement tous préféré que le procès ait lieu plus tôt, qu'il ait même déjà eu lieu aujourd'hui, trois ans après. Pour nous, victimes, l'affaire était simple : l'auteur des crimes est connu, il a été arrêté le jour même, il ne pouvait pas esquiver sa responsabilité, il avait visé la terrasse, il avait accéléré, il avait l'intention de tuer, il devait donc être jugé et condamné le plus vite et le plus sévèrement possible. Mais nous avons compris que la procédure pénale est complexe. Nous avons compris que toutes les étapes de l'enquête sont indispensables pour que le procès puisse vraiment se tenir sans incident, sans nullité, sans faute de procédure, pour que nous puissions avoir de vrais débats devant la cour d'assises. Nous avons compris que ce temps était primordial pour que les débats puissent convaincre le jury de la nécessité de condamner P. à la peine maximale. Finalement, trois ans, ce n'est pas long pour boucler l'instruction d'une procédure criminelle aussi complexe avec tant de victimes. Il est temps, aujourd'hui, après trois ans, qu'on nous donne une date et que le procès ait lieu rapidement afin que chacun puisse tourner une page de sa vie détruite et essayer de se reconstruire.

Dans le cerveau de Betty, les cases créées dans l'urgence le soir du 14 août 2017 existent toujours, il y a celle de Dimitri, et elle y consacre toujours beaucoup d'énergie, il y a celle de Sacha, de Nikola, plus indépendantes, mais il y a surtout celle de P. qui avait été laissée de côté, jamais totalement fermée parce qu'elle y stocke régulièrement des informations liées à l'enquête, du ressenti, la force que lui confèrent ses proches. Elle savait qu'elle allait devoir un jour ouvrir cette case et s'y confronter, se focaliser sur tout ce qu'elle couve depuis trois ans. Quand elle lit son discours, elle s'y consacre pleinement, elle ne peut plus faire autrement. Cette case est devenue le dossier prioritaire de son esprit.

Minute de silence. Le cortège s'élance ensuite depuis la mairie vers le cimetière pour rendre hommage à Angela. En tête, son frère Nikola tient une grande pancarte pour ouvrir la marche :

**Angela assassinée**
**le**
**14 août 2017**

Trois semaines plus tard, une date de procès est communiquée à toutes les parties. P. sera jugé devant la cour d'assises de Melun du 30 mars au 15 avril 2021. Betty et Sacha sont convaincus d'avoir été entendus. Encore six mois à attendre alors que tout ce qu'ils vont dire est déjà là, en eux, prêt à jaillir.

II.

# Le procès

**Mardi 30 mars 2021**
**Tribunal judiciaire de Melun**

En mars 2021, je suis journaliste pour une radio nationale et je me retrouve un peu par hasard à suivre cette affaire. On m'envoie pour raconter l'ouverture du procès, la première confrontation entre les victimes et leur agresseur. Quand j'y assiste, je suis père d'une petite fille depuis un peu plus d'un an. Après sa naissance et au fil des mois, j'ai pris conscience d'une nouvelle forme de vulnérabilité, je me sens plus que jamais à portée de malheurs. L'empathie ressentie n'est plus seulement de l'empathie, il y autre chose, un sentiment plus sombre. Je crois pouvoir dire aujourd'hui que c'est de la peur.

Je ne connais pas encore personnellement la famille d'Angela. Avant le procès, Betty a accepté de me parler au téléphone pour me confier ce qu'elle attendait de cette audience. C'est un peu la question classique, Alors madame, qu'est-ce que vous attendez de ce procès ? En l'écrivant aujourd'hui, je ne peux m'empêcher de la comparer à une autre posée précédemment par le psychologue à Betty, À combien estimez-vous votre perte ? A posteriori, je suis persuadé qu'elle a fait l'effort d'étouffer les insultes. Elle m'a répondu qu'elle souhaitait que la justice passe, que la préméditation soit reconnue et qu'elle était confiante.

Ce 30 mars 2021, quand j'arrive devant le tribunal judiciaire de Melun, pavé moderne entièrement vitré, je croise un groupe de personnes massées sur le parvis. Parmi elles, je reconnais les visages de Betty et Sacha, déjà identifiés sur Internet. Je me présente, j'évite d'en faire trop parce que je n'oublie jamais l'intérêt derrière l'extrême politesse, et j'ai le sentiment que personne n'est dupe. Leur avocat les accompagne, cordial et professionnel. Cela ne dure que quelques minutes, Betty me dit qu'elle ne s'exprimera pas publiquement, en tout cas pas aujourd'hui, peut-être à la fin du procès, mais on en rediscutera. Sa voix grave est projetée avec franchise, il faut se tenir prêt à la réceptionner, et elle me regarde sans chercher à dissimuler ses yeux rougis, ils le sont peut-être depuis quatre ans, mais elle s'en fout, elle est impressionnante. Derrière, Sacha ne décoche pas un mot, mais il est là, il est très intimidant. Je pense que je n'existe même pas dans son champ de vision. Il n'attend qu'une chose : le voir, se confronter à lui, faire son devoir de père et rendre justice à sa fille. Une fois à l'intérieur du tribunal, ils passent un nouveau portique de sécurité et disparaissent derrière une porte en bois. Au-dessus, un panneau indique « cour d'assises ».

La géographie de la salle d'audience s'organise autour d'un unique objet, central : le micro. Dans une cour d'assises où les crimes sont jugés, il faut imaginer tout ce que cet objet a pu ingérer au cours des années passées, toutes les voix, le flot de paroles, leur pouvoir, les souffrances, les répercussions que cette masse d'informations et d'émotions a pu avoir sur la vie et le destin de personnes bien réelles. Toutes ces matières imperceptibles stagnent là, les murs en sont imprégnés.

Le micro est l'épicentre, le nœud où se

croisent toutes les dynamiques en présence, le point de focalisation des attentions.

À droite : la famille d'Angela avec son avocat.

À gauche : le box des accusés. Pour l'instant, l'espace derrière la vitre en Plexiglas est vide, mais la porte dissimulée dans le mur du fond suffit à nous relier à P., d'ailleurs peut-être patiente-t-il déjà, juste derrière, escorté par deux gendarmes qui attendent le signal pour entrer. Sa présence se devine et se matérialise.

Situés directement face au micro : une dizaine de sièges en cuir alignés derrière un comptoir en bois moderne. La Cour y siégera d'ici quelques minutes, le président du tribunal, deux juges assesseurs et six jurés citoyens tirés au sort.

Derrière le micro : les autres victimes qui rejoignent les premières rangées de bancs, accompagnées de leurs avocats. Le public et les journalistes s'installent encore après.

Une trentaine de victimes est présente, les rangées successives de bancs se remplissent. Je ne quitte pas des yeux Betty et Sacha, ils trépignent, et à les voir j'essaie de mesurer leur impatience, de saisir ce qui bouillonne au fond d'eux. Quand je les observe, quand je constate l'agitation de leurs regards qui passent des autres victimes au box, de leur avocat au box, des gendarmes au box, de leurs proches au box, ce même regard maladif toujours ramené à ce qui l'obnubile depuis quatre ans, à cette ombre invisible derrière le Plexiglas, à celui qui bientôt occupera cet espace, quand j'essaie d'imaginer l'association de leur haine et de leur peine, leur impatience de pouvoir dire à leur fille : Ça y est, il est condamné pour le mal qu'il t'a fait, pardonne-nous pour le temps que ça a pris, mais ça y est Angela, justice t'a été rendue, quand tout cela se mélange, un décalage s'opère en moi. Cette sensation traverse tout mon corps, comme s'il entrait en résonance, mes yeux scrutent tous les détails, les projettent vers le cerveau qui irrigue l'état perméable dans lequel je suis : sensation d'être le prolongement de cette famille, sensation d'avoir été amputé, sensation d'injustice, de douleur physique et de douleur recluse. Je ressens la soif de vengeance, sa potentielle violence, la force qu'il faut pour la réprimer, tout cela se mélange et ce n'est pas moi, mais c'est en moi. À cet instant, je me sens profondément proche de Betty et de Sacha, Nikola est là aussi, mais je ne l'identifie pas parce que je n'ai encore jamais vu son visage. Je pense à lui et à Dimitri, à ce que ça représente de perdre une sœur quand on a quatre ans, à ce que ça représente de perdre une sœur quand on a dix-sept ans.

Tout à coup, l'huissier s'adresse à la salle d'une voix puissante, Veuillez vous lever s'il vous plaît, la Cour ! D'un coup, le silence. Les trois juges font leur entrée et s'installent au milieu de la rangée de sièges, le président prend la parole, L'audience est ouverte, vous pouvez vous asseoir. Monsieur l'huissier, vous pouvez faire entrer l'accusé s'il vous plaît. La porte du fond s'ouvre, un gendarme fait son apparition, et derrière lui, un homme chauve, bouffi, ça saute aux yeux alors même que la moitié de son visage est dissimulée derrière un masque chirurgical (on est encore en pleine pandémie de Covid). Une meute de regards l'assaille, il doit forcément les sentir sur son torse, sur ses épaules, ça doit forcément l'enfoncer ou au moins le grignoter, tous ces yeux qui le parcourent. Quelques murmures se propagent parmi les victimes. Entre Betty, Sacha et P. : à peine dix mètres. La dernière fois qu'ils l'ont vu, c'était le 14 août 2017. Ils l'observent mais ne bougent pas, leur corps ne dit rien de ce qu'il y a à l'intérieur, parce que, des semaines après le procès, ils me l'ont raconté, ce qu'il y avait à l'intérieur, et à ce moment précis, c'est la fureur, il est là, l'assassin de leur fille, le responsable de tout ce qui se passe, il est juste là, mais ils ne peuvent rien faire, et tous les matins pendant deux semaines ça va être ça, ils seront face à l'assassin de leur fille et ils ne pourront rien faire à part l'écouter et tenter d'accrocher son regard.

Ses premiers mots sont exprimés d'une voix spongieuse, pas fiable, un peu enrouée, comme si quelque chose au fond de sa gorge menaçait de boucher subitement sa trachée : Je voudrais demander pardon aux victimes. Quand il dit cela, tout le monde a les yeux rivés sur lui, mais lui ne regarde personne, il ne regarde rien. À qui s'adresse-t-il ? Que se passe-t-il à l'intérieur ? P. tient aussi à dire que ce n'était pas prémédité, qu'il traversait un épisode délirant. Depuis qu'il est incarcéré, il suit un traitement antipsychotique et il voit un psychiatre une fois par mois, son avocat dit qu'il va mieux, qu'il a pris conscience de sa maladie et de ses actes. Lui aussi le dit, mais sa voix et son regard ne portent rien, aucune trace d'émotion, d'intention, son visage reste figé, vide. Parfois, quand il répond aux questions qui lui sont posées, il répète deux fois la même courte phrase et le ponctue d'un Ouais : Je regrette ce que j'ai fait ouais, je regrette ce que j'ai fait, J'ai jamais voulu tuer personne ouais, j'ai jamais voulu tuer personne, et quand on projette sur les écrans de la salle les blessures des victimes en gros plan pour qu'il en prenne conscience, il réagit, Ça, ça me touche vraiment ouais, ça me touche vraiment. Le ton est toujours le même, les mots sortent laborieusement et glissent le long d'un tapis rugueux légèrement incliné, ils sont collés les uns aux autres et une fois arrivés en bas ils s'écrasent par terre, ne s'accrochent nulle part, et puis ils disparaissent parce qu'ils ne savent plus eux-mêmes ce qu'ils signifient, à quoi ils servent, ils ne savent pas ce qu'ils foutent là. Dans l'assistance, les victimes soupirent, Betty et Sacha sortent régulièrement pour aller fumer.

Ensuite, il faut écouter le gendarme qui a interpellé P. le soir des faits décrire l'arrestation, J'avais face à moi quelqu'un de calme, apathique, sans aucune réaction, et on lui a demandé s'il se rendait compte de ce qu'il avait fait, qu'une jeune fille était morte. Il a répondu : C'est dommage. Il faut imaginer Betty et Sacha en train de balancer tous ces détails dans leur mémoire qui se chargera de les incorporer au reste, il faut se figurer sa bouche remuer pour articuler cette réponse, C'est dommage, recréer le timbre de sa voix, le ton, l'intention et pour moi tout ce processus se déroule en simultané, et je me sens défaillir, alors comment font-ils pour ne pas disjoncter ?

Après, il faut écouter la légiste, elle est en visioconférence, elle est une voix émise par des haut-parleurs et qui transite dans la salle d'audience, c'est une experte, et l'enquête a eu besoin d'elle, elle a eu besoin de savoir scientifiquement ce qui a tué Angela, alors la voix dans les haut-parleurs se diffuse sans se soucier de qui la reçoit, c'est la voix précise d'un rapport judiciaire, elle cartographie le corps d'Angela, Je reçois le corps d'une jeune fille âgée de treize ans, très bon état de conservation, et déjà Sacha baisse la tête, le regard plonge par terre, les yeux se ferment, il serre les poings et les colle à son crâne juste au-dessus de ses oreilles, il n'aurait qu'à les abaisser de quelques centimètres et il les boucherait, mais il ne le fait pas. La voix accuse l'énergie cinétique d'avoir fissuré le crâne d'Angela sur toute la longueur, Angela est morte d'un grave traumatisme crânien causé par la violence du choc. La légiste a livré ses conclusions, La Cour vous remercie, les écrans qui la retransmettaient se coupent, et tout à coup c'est le vide. La voix s'est délestée de son expertise, elle n'a pas parlé d'Angela, mais d'un corps froid minutieusement dessiné, extérieur comme intérieur, tout est là dans le silence et dans nos têtes. L'audience est suspendue quelques minutes, mais pour moi, tout est lié, c'est une même séquence d'images et de paroles réunies dans un gros sac, alors il faut écouter cet homme raconter ce qu'il a vécu, ce qu'il a fini par confier à Betty et à Sacha, mais il lui aura fallu du temps pour se confronter à eux et commencer par leur dire qu'il n'a pas réussi à sauver Angela. Il est au micro, les mains derrière le dos, il témoigne d'une voix faible, sa parole bute, mais le président le met en confiance, lui rappelle qu'ici, derrière le micro, il peut tout dire, alors il insulte P. parce qu'il n'assume pas ses actes. Et puis après il revit cette soirée au passé composé, sa présence auprès d'Angela, l'arrivée des secours qui n'avaient jamais vu ça, le pompier qui n'arrive pas à intuber Angela parce qu'il tremble, le moment où les médecins partent s'occuper d'autres victimes, où il reste près d'elle, où il décide de lui clore les paupières du bout des doigts, parce que c'est fini. Après, il dit qu'il a sombré, le poids de la culpabilité, les blessures psychologiques, avec sa compagne ils se séparent, il a un fils, mais il ne le voit quasiment plus, il est persuadé que c'est de sa faute si Angela est morte. Au moment du procès, il dit qu'il va un peu mieux, surtout depuis qu'il a rencontré Betty et Sacha, mais il n'est plus le même. Le président du tribunal le remercie pour ce témoignage et en souligne l'importance, salue son courage. À cet instant, je suis comme le micro, les voix s'infiltrent et investissent ma mémoire.

Dans un autre procès, j'ai appris que le concept de non-assistance à personne en danger régi par l'article 223 alinéa 6 du Code pénal a été créé par le législateur non seulement pour sauver des personnes qui pourraient l'être, mais aussi parce qu'une personne sur le point de mourir doit être accompagnée dans ses derniers instants de vie. C'est exactement ce qu'il a fait auprès d'Angela, il était auprès d'elle, il lui a tenu la main et il l'a accompagnée.

Les victimes défilent à la barre. Toutes semblent s'exprimer d'une même voix. Désormais, elles connaissent leurs histoires par cœur, elles ont en tête le plan des tables avec leurs occupants avant le choc. Après le choc, ce plan est déchiré, disloqué, mais ils l'ont aussi en tête, alors quand l'une des victimes se lève parce que c'est son tour les autres l'encouragent, l'enlacent sur son passage, lui posent une main sur l'épaule. Quand je suis témoin de ces gestes, je suis envahi par une vague de tendresse, j'espère qu'ils ressentent la même chose et je me dis que c'est peut-être ça qui les rend si dignes. C'est au tour de Betty, nous l'écoutons quand elle dit Comment peut-on enterrer son enfant et avoir une vie normale ? On n'est plus des gens normaux. Et quand le micro encaisse les paroles de Sacha, nous l'écoutons aussi, quand il s'énerve contre P. parce que leur avocat leur a bien répété qu'ils avaient le droit de dire tout ce qu'ils voulaient, être derrière le micro c'est avoir ce pouvoir. Quand on est appelé à témoigner dans un procès, on dit aussi qu'on vient *déposer*, alors Sacha dépose, il lâche tout ce qu'il a et il dit que, s'il a quitté la Macédoine pour venir en France, c'était pour que ses enfants soient en sécurité et pour qu'ils fassent de bonnes études, et plus il avance et plus il s'énerve contre l'injustice, contre sa vie foutue en l'air, et plus il regarde P. à sa gauche, mais il ne s'adresse jamais à lui, Sacha regarde les juges et les jurés, et maintenant il empoigne ses paroles pour les leur balancer à la gueule, l'accent est de plus en plus marqué, le rythme heurté comme si la rage contaminait la langue, ses mots sont projetés au hachoir et là il lève le bras gauche et pointe P. du doigt, mais sa tête ne suit pas le mouvement, sa tête reste fixe, face à la Cour, les yeux rivés dans ceux du juge, et là il dit très clairement : Quand il préparait sa défense, moi j'empêchais Nikola d'aller déterrer sa sœur parce qu'il acceptait pas qu'elle soit au cimetière.

Pour comprendre la personnalité de l'accusé, la Cour a convoqué quelques proches et connaissances, auditionnés au cours de l'enquête. Pendant qu'on scrute sa vie, P. reste assis et muet, figé. Dans mon souvenir, cette séquence s'étire. Les témoignages successifs donnent l'impression qu'il ne connaissait pas grand monde. Pas vraiment d'amis. Ses ex-employeurs dans le secteur de la sécurité privée décrivent un salarié lambda qui disparaît après un arrêt maladie de longue durée. On découvre aussi l'une de ses institutrices avec qui il a gardé contact. Elle se souvient d'un enfant sensible, marqué par l'absence de sa mère. Moment de gêne et de tension quand elle s'adresse directement à lui dans le box et lui dit de ne surtout pas se laisser faire. Son ancienne compagne a aussi été appelée à témoigner, mais elle est traumatisée par l'acte qu'il a commis. Le président de la Cour lit le certificat médical rédigé par son médecin : elle n'est pas en capacité de s'exprimer devant la justice. Il se limite à partager quelques extraits de ses déclarations devant les enquêteurs. Les jurés prennent des notes. Je n'ai plus en mémoire l'ordre de passage des témoins à la barre. Mais je sais que mon attention, flottante lors de cette séquence, s'est cristallisée à partir du moment où le juge a prononcé le nom de la sœur de P.

Accompagnée par le greffier, une femme entre par la porte du fond, traverse la salle jusqu'au micro, pressée par une meute de regards. Elle décline son identité, confirme que P. est son frère. Elle ne parle pas beaucoup, on la sent confuse, elle paraît désolée d'être là, et c'est ce que son corps légèrement courbé semble raconter. Elle y est mêlée, à cette affaire, même sans l'avoir voulu, elle est au procès, elle est dans le dossier, elle est l'une des premières personnes à avoir été entendue par les enquêteurs. Je n'ai pas de trace écrite de ce témoignage. Sachant que la rédaction pour laquelle je travaillais ne m'attendait pas particulièrement sur cet aspect du procès, je me demande même si j'ai noté quelque chose, mais j'en garde un souvenir intense. Il y a les victimes d'un côté, et puis de l'autre il y a cette femme de bientôt quarante ans, dont la vie semble être si éloignée de celle de son frère. Pourtant, elle se retrouve là, à devoir parler de lui face à une trentaine de personnes traumatisées par l'acte qu'il a commis. Je suppose qu'elle ressent leur haine, elle ressent leur désespoir, elle comprend leur volonté que son frère paye enfin pour ce qu'il a fait. Au micro, elle dit qu'elle est bouleversée par ce qui est arrivé, par ce que peuvent traverser les victimes et en particulier la famille d'Angela. Pour moi, quand elle le dit à la barre, cela sonne juste. Je sais que Betty et Sacha ne l'entendent pas.

Lors de notre premier entretien, ils m'ont confié qu'elle n'avait cessé de prendre des notes pendant l'audience, preuve selon eux qu'elle pensait déjà au procès en appel. Dans mon souvenir, je garde la même image, celle de cette femme toujours assise à proximité du box de l'accusé, un carnet noir sur les cuisses, un stylo à la main. Pendant les expertises psychiatriques, je la revois griffonner compulsivement, la tête baissée, comme si l'inscription de ces phrases les matérialisait. Ensuite, il y aura l'après, le moment où il faudra déchiffrer ces pages, relier ces groupes de mots et leur donner un sens, faire naître un récit susceptible d'expliquer. Mais peut-être n'a-t-elle rien noté de tout cela. Peut-être a-t-elle établi ses propres conclusions à partir des éléments de l'enquête. Ou peut-être s'est-elle appuyée sur la description de son frère par d'autres pour inscrire son propre dégoût, le carnet noir se transformant ainsi en un déversoir parce qu'il faut bien l'évacuer quelque part, en secret.

De son témoignage face aux juges et aux jurés, je conserve le souvenir d'une voix empruntée, elle a le devoir de le faire, mais tout dans cette parole et dans le corps qui la prononce révèle la difficulté d'être là, d'exister dans cet espace, chaque phrase est abandonnée comme si elle y était contrainte. Au rythme des questions du président, on comprend aussi qu'au moment des faits son frère avait coupé les ponts avec elle pour une histoire d'héritage, qu'il s'estimait lésé, qu'il en voulait à la terre entière et que de toute façon elle avait toujours été la préférée et que de toute façon il avait toujours pensé que tout le monde était contre lui. On comprend aussi qu'elle a toujours suspecté des troubles psychiatriques chez son frère, qu'elle a poussé pour qu'il se fasse aider, sans y parvenir. Et maintenant, elle est là, à supporter cet échec, à devoir répondre aux avocats des victimes, elle est assaillie de questions. J'ai l'image d'une femme en larmes en train de se recroqueviller au fur et à mesure. Si l'interrogatoire s'était poursuivi, elle aurait pu disparaître.

Puis l'avocat de la famille d'Angela s'est levé. J'ai le souvenir d'une ultime question :

Selon vous, ce drame était-il un accident ?

À cet instant, perçoit-elle dans son dos l'afflux d'attention fondre sur elle ? Cette question, c'est comme une main tendue, une manière de la pousser à choisir son camp. Dire Non, ce n'était pas un accident revient à rejoindre les conclusions de l'enquête judiciaire. Dire non revient à accepter les éléments matériels, le réel. Dire non revient à dire que son frère a commis ce crime volontairement. Dire non revient à condamner son frère, à se plier à la peine encourue. La perpétuité. Dire non revient à l'abandonner. Je m'en souviens précisément parce que c'est un moment de bascule auquel je vais me heurter.

Selon vous, ce drame était-il un accident ? Elle se courbe, se retient à la barre, mais ne quitte pas des yeux l'avocat. Au second plan, elle devine forcément la silhouette de Sacha, celle de Betty, son regard furieux prêt à la broyer.

Oui.

En dépit de tout ce que la justice lui a mis sous les yeux. En dépit des preuves, des évidences.

Un accident.

Oui.

C'est tout ce que j'entends, entre deux sanglots. Parmi les victimes, quelques voix s'élèvent pour protester, c'est comme nier ce qui leur est arrivé et c'est insupportable. Je suis moi-même bouleversé par un autre constat : on n'abandonne pas un frère, fût-il un monstre.

On l'a eu.

Poing serré levé en l'air, Sacha vient de prononcer cette phrase en sortant de la salle d'audience, On l'a eu, il a attendu que le président suspende l'audience après avoir énoncé le verdict pour libérer ces quelques mots, ils couvaient là, quelque part dans son ventre et dans les cavités de son cœur. On l'a eu, c'est violent cette sentence, comme si le groupe venait de tirer un animal dans la forêt après une interminable battue. On l'a eu, ces quelques mots trouvent un écho dans le public, ils traversent la salle et se diffusent, les mêmes poings serrés se dressent en signe de victoire, les victimes s'enlacent, pleurent, rigolent, se congratulent, On l'a eu. Pour cette dernière journée, certaines ont revêtu un T-shirt blanc à l'effigie d'Angela. Je vois Betty fondre en larmes, serrer son avocat dans les bras, lui aussi a l'air ému. La joie du collectif éclate et se répand dans la salle d'audience, elle occupe les moindres recoins, il n'y a plus d'espace pour le reste, c'est comme une vague de chaleur qui vous emporte. Ma première réaction, c'est d'être heureux pour Betty, Sacha, Nikola et les autres. La mère d'Angela a toujours ces mêmes yeux rougis quand elle accepte de témoigner à mon micro : On a été vengés, on a honoré la mémoire de notre fille. Merci à la justice.

Un peu plus tôt dans la matinée, les derniers mots du procès sont revenus à l'accusé comme le veut la règle. P. s'est levé, il a déplié un papier – va-t-il enfin *dire* quelque chose ? – puis il a lu, les yeux rivés sur sa feuille : Je m'excuse auprès de toutes les victimes même si je sais que mes mots ne seront jamais à la hauteur de vos souffrances. Rien de plus, une seule phrase prononcée en quelques secondes, et c'est décevant, personne n'y croit, personne ne veut y croire. Les juges et les jurés sont ensuite entrés en délibération.

Près de six heures plus tard, la sonnerie de la cour d'assises a retenti, nous avons repris place, silence solennel. P. est revenu lui aussi, il est debout, et toujours, je la vois tout près de lui, à portée de regard. Sa sœur. Qu'espère-t-elle ? Le président énonce le verdict. Il y a le mot « coupable », il y a le mot « préméditation », il y a le mot « assassinat », il y a le mot « perpétuité ». Il y a le mot « unanimité ». Pas une seule voix, pas un juge, pas un juré ne s'est opposé à cette peine. Ils ont bien entendu les expertises psychiatriques : dans leurs motivations, la Cour reconnaît l'altération du discernement, mais le jury a décidé de ne pas appliquer la réduction de peine d'un tiers dont P. aurait pu bénéficier. Motif : extrême dangerosité criminologique de l'accusé, risque de récidive. La vérité judiciaire dit ceci : son état était altéré, mais c'est surtout sa personnalité qui a dicté son acte. Point. Dans son verdict, la Cour ordonne aussi une obligation de soins. J'observe P., assis dans son box, l'air abattu. Je le regarde assister, derrière son Plexiglas, à l'effervescence du collectif, à l'explosion de sa fraternité.

Puis mes yeux s'attardent sur la sœur de P. Elle s'est levée et elle vient se coller au box de son frère, elle n'est qu'à quelques mètres de lui, mais elle ne peut pas lui parler, seulement le regarder. Elle non plus n'échappe pas à la liesse de celles et ceux qui exultent et elle doit le voir en face, lui, tout seul, avec son nouveau statut. Son frère n'est plus un accusé, la société vient d'en faire un condamné, un assassin. Dans mes souvenirs, l'image se fige. Il ne reste que ce triangle formé entre elle, lui et le collectif, elle, lui, le collectif, elle, lui, le collectif, elle, lui, le collectif. À cet instant, j'essaie de saisir ce qui circule entre eux, au cœur de ce triangle, je perçois de la détresse, de la joie, de la haine, du désespoir, de la délivrance, et tout est tellement mêlé, le contraste tellement saisissant. P. finit par disparaître de la scène que je me représente. Ne reste qu'elle et eux, la sœur de P. et le collectif réuni autour de la famille d'Angela. Toujours ce décalage, cette tentative d'ingestion du moindre détail, d'analyse automatique du moindre geste pour tenter d'entrer en résonance avec ces deux entités séparées de quelques mètres à peine, deux corps qui se dessinent, distincts : l'un est multiple, léger tout à coup, il se redresse. Pour un temps seulement, celui de la communion, il n'est plus entravé par ce qui le reliait à Cesena. L'autre reste immobile, subitement la gravité s'est renforcée, il ne peut plus bouger, il ne bouge plus, il est assujetti à ce qu'il voit, et ce qu'il voit c'est la condamnation d'une partie de ses souvenirs, d'une partie de lui-même. Quelle trace la sœur de P. a-t-elle gardée de cet instant ? Qu'a-t-elle noté dans son carnet noir ?

Quelques mois après le verdict, je cherche à la contacter. Sur Internet, je ne trouve qu'une adresse postale. À peu près au même moment, un mouvement de grève historique touche la radio pour laquelle je travaille. La mobilisation a débouché sur une vague de départs, dont le mien. Je lui écris une lettre, je lui précise que j'ai couvert le procès de son frère en tant que journaliste. Mais cette fois, je la contacte en tant que « statut indéfini ». Je ne suis au service d'aucune rédaction, on n'attend plus rien de moi. J'ai déjà conscience que mon rapport à cette histoire ne sera pas *totalement* objectif. Un verdict a été prononcé, les débats ont eu lieu. Fin. Pourquoi vouloir aller plus loin ? En quoi cette histoire me concerne-t-elle ? Je lui dis que je ne souhaite pas établir des faits ni enquêter sur la personnalité de son frère. Je lui dis que j'ai été frappé par ce « oui » en réponse à la question posée par l'avocat des parents d'Angela, par ce qu'il dévoile de leur relation. Je lui confie que cette forme de loyauté vis-à-vis de son frère me touche. Je lui demande si elle serait d'accord pour me raconter comment elle en est arrivée là. Pendant le procès, je crois que l'un des aspects qui m'a le plus saisi, c'est le contraste, l'ambivalence des liens familiaux que la soirée du 14 août 2017 semble avoir exacerbée, du côté des victimes comme du sien. Ils unissent comme ils soumettent. Je lui précise que je compte aussi les rencontrer.

Je repense à ce carnet noir dont elle ne s'est jamais séparée pendant le procès, je me demande toujours ce qu'elle a pu y noter. Quels mots choisir pour décrire la langue de son frère, cette langue sans vie, lestée par les médicaments ? Comment trouver les mots pour ne pas se ranger dans le camp des survivants ? Comment ne pas le pointer du doigt et l'accuser à son tour, se dire qu'après tout il n'a que ce qu'il mérite ? Pourquoi consentir à se ranger derrière un frère qu'elle ne fréquente même plus au moment des faits ? Peut-être que les écrits du carnet noir, rédigés à vif, contiennent la réponse.

L'attente. L'adresse est-elle la bonne ? A-t-elle bien reçu cette lettre ? A-t-elle pris le temps de la lire ? L'a-t-elle jetée à la poubelle sans même noter mon numéro de téléphone ? L'a-t-elle mise de côté en se disant qu'elle y reviendrait plus tard ? Le cerveau réalise son travail quotidien, il fixe des souvenirs, en altère d'autres, il se crée aussi des histoires. Je me rejoue la séquence durant laquelle la sœur de P. s'est présentée à la barre afin d'en conserver les détails.

J'en parle beaucoup autour de moi. Des liens s'opèrent entre son histoire et mon imagination, entre ses mots et les miens. Terrain glissant pour un journaliste qui doit se cantonner aux faits, terrain d'exploration fertile pour un « statut indéfini ». L'imaginaire cherche à s'émanciper du réel afin de combler les vides, l'absence de réponse. Un tel acte de loyauté envers un frère laisse entrevoir la matérialité du lien familial, son indéfectibilité face au pire. Aurais-je été aussi fidèle si l'un de mes deux frères avait causé autant de peine ? Est-ce que se sentir proches suffit ? Est-ce qu'avoir une enfance en partage suffit ? J'aimerais pouvoir tester la force des liens qui m'unissent à mes frères. Découvrir un protocole accompagné d'une unité de mesure, passer l'évaluation avec succès pour me persuader que, malgré l'éloignement progressif, malgré nos vies parallèles, je ne les oublie pas. M'assurer qu'une trace de ce que nous avons vécu ensemble nous reliera toujours. Est-ce qu'ils accepteraient eux aussi de passer le test sans crainte du résultat ?

Une réponse. Une lettre. J'arrache l'enveloppe, découvre une feuille pliée en trois, à peine une dizaine de lignes écrites à la main conclue d'une signature, son nom et son prénom, soulignée par un trait fin. Elle me salue, me remercie pour l'intérêt porté à ce qu'elle nomme « *l'affaire de son frère* », mais pour le moment c'est trop douloureux, elle ne souhaite pas s'y replonger. Elle demande néanmoins d'être tenue au courant de la suite.

Je rédige un nouveau courrier plus détaillé : je ne souhaite pas refaire l'enquête, ce n'est pas son frère qui m'intéresse. C'est elle, sa loyauté envers lui et sa position si délicate vis-à-vis des victimes.

Je contacte Betty et Sacha. Ils me reçoivent chez eux pour la première fois. Dans leur salon, nous sommes entourés par des photos d'Angela. Elle est seule, elle est avec ses frères, avec ses parents, elle est partout. Ils se souviennent de notre rencontre pendant le procès. Je leur expose mes réflexions, je leur parle d'un possible projet d'écriture qui n'est pas lié à la radio pour laquelle je ne travaille plus. Je leur dis que je ne sais pas encore quelle direction il prendra. Je veux être honnête avec eux, consacrer du temps à nos échanges, qu'une relation s'installe, ce que j'ai trop rarement réussi à faire lorsque je travaillais pour un média quotidien. Je leur parle de la place que je souhaite donner à la sœur de P., mais tout cela est encore flou, parce que je ne sais même pas si je pourrai la rencontrer. Betty et Sacha m'écoutent, quand ils prennent la parole j'ai l'impression qu'ils commencent déjà à se livrer, ils me décrivent des moments précis dans les semaines ayant suivi la mort d'Angela. Je pressens de nouveau ce qui m'avait tant marqué pendant le procès, la parole qui vous percute comme un crochet dans le bide, leur détermination, la beauté de leur amour et des liens qui les unissent.

Je promets de respecter leur récit. Un cycle de plusieurs entretiens s'engage, pour moi le début d'une nouvelle forme d'amitié. Après notre deuxième rencontre, juste avant de me raccompagner à la gare, Betty et Sacha m'emmènent au cimetière. Nikola est là, et Dimitri aussi ; il s'assoit sur le rebord de la tombe d'Angela et replace les bougies éteintes. Ses parents me confient qu'un jour ils aimeraient aller vivre en Corse, mais qu'ils ne réussiront jamais à s'éloigner d'elle.

En attendant une éventuelle réponse de la sœur de P., j'ai tenté d'avancer sans elle. Je suis parti de ce qui existe : les souvenirs de son témoignage devant le tribunal, le rapport d'enquête composé de quelques extraits de procès-verbaux et mon propre ressenti. J'ai commencé à écrire des projections pour explorer non pas ce qui a été – ce qui s'est *réellement* passé – mais ce qui aurait pu être, en assumant les manques, en acceptant de dériver pour combler les vides tout en ayant l'espoir de rester fidèle à ce qui semble les lier, elle et son frère. Cette tentative m'est apparue comme la plus naturelle, une suite à l'expérience journalistique – une suite déviante, mais une suite possible – avec l'ambition à peine voilée que ce récit porte en lui-même, presque par magie, les arguments capables de persuader la sœur de P. de son bien-fondé.

Après plusieurs mois, elle a accepté d'engager un dialogue serein. Elle ne souhaite toujours pas se confier, mais ma démarche semble l'intéresser. Nous nous mettons d'accord : je poursuis l'écriture de ce récit imaginé à partir de son témoignage ; une fois terminé, je m'engage à lui transmettre afin qu'elle en prenne connaissance et que nous puissions en discuter. Je m'attends à ce que certains dévoilements la dérangent, mais je suis persuadé qu'elle pourrait y trouver son intérêt, un écho empathique à sa propre histoire.

Un jour, je lui remets une première version composée d'une centaine de pages. Nous nous fixons un nouveau rendez-vous, une semaine plus tard.

Ni ma tentative ni mes arguments n'ont réussi à la convaincre. Dans notre dernier échange, elle me concède que les passages inventés ne lui posent pas de problème, certains l'ont même touchée. En revanche, les prises d'appui sur des faits précis de sa vie familiale provoquent chez elle un sentiment d'étrangeté. Je comprends aussi qu'elle est la seule à être encore capable de protéger les siens, que cette responsabilité lui incombe. Pour la première et la dernière fois, elle me fait part de sa position définitive : elle ne souhaite ni que l'on s'empare de sa *vraie histoire*, ni être assimilée à celle que je pourrais créer.

Dans un sens, j'ai échoué. Avec le recul, je me demande comment j'ai pu croire qu'elle consentirait à ces pages, à un récit aussi hybride où les protubérances fictionnelles avaient infesté le réel à tel point qu'il n'était plus possible de les discerner.

Maintenant, est-ce que l'on peut rester fidèle à quelque chose qui nous paraît essentiel, sans le droit de raconter ce qui s'est réellement passé ?

J'en reviens aux termes de notre accord. Depuis le début, je me suis engagé à respecter sa position. Il faudra donc faire sans. Il faudra oublier son témoignage. Écrire non pas avec, mais contre les faits, accepter de contourner le réel pour raconter une autre histoire de famille, une histoire parallèle, différente de celle vécue par la sœur de P. M'écarter de sa vie pour en imaginer une autre.

III.

# Une sœur

Elle pourrait s'appeler Lisa.

Après l'annonce du verdict, Lisa pourrait sortir du tribunal.

# 1.

Une fois à l'extérieur, elle s'éloigne rapidement du palais de justice. Sa mère et son père sont à ses côtés, l'un à sa droite, l'autre à sa gauche. Pas un mot ne la traverse, elle est une frontière entre deux territoires dont la proximité ne l'empêche pas d'être seule. Elle l'a été pendant le procès et elle le sera auprès de son frère prisonnier.

Penser : Mon frère prisonnier.

Dire : Mon frère prisonnier.

Sur le parvis, Lisa associe de nouveaux adjectifs au portrait de son frère. Dans son esprit, il y a son visage, le nouveau, celui de la prison, engourdi par les médicaments, un simple rectangle comme une photo d'identité sur fond gris, en dessous il y a écrit Mon frère, et puis à côté, sur la droite, un premier tiret :

– Prisonnier.

Puis un deuxième :

– Criminel

Puis un troisième :

– Assassin

Il est emprisonné depuis plusieurs années, depuis qu'il a été arrêté le soir des faits, mais il était jusqu'à présent étiqueté comme Prisonnier, en attente de son procès. La justice vient de le reconnaître coupable, il est officiellement un assassin. Son frère n'est plus simplement son frère, il est aussi ça.

Chaque jour du procès, Lisa s'est assise au premier rang à gauche, près de la vitre en Plexiglas délimitant le box des accusés. Chaque jour, elle a pris des notes dans un carnet noir. Vers le sixième, alors qu'une experte psychiatre témoignait à la barre pour expliquer à la Cour les effets du syndrome post-traumatique dont souffrent plusieurs victimes, Lisa a griffonné ces mots au crayon à papier, les uns à la suite des autres : Préméditation, Assassinat, Assassin, Perpétuité, puis elle les a gommés d'un geste vif à tel point qu'elle en a froissé la page, son frère juste en face d'elle a perçu un léger bruit, il a tourné son regard brumeux dans sa direction, elle lui a souri discrètement comme pour lui dire de ne pas s'inquiéter. Aujourd'hui, ces mots ont été prononcés par un juge, ils sont écrits à l'encre noire sur des documents judiciaires, on peut déjà les trouver sur les réseaux sociaux, et demain matin dans les journaux. Lisa ne pourra pas s'empêcher de les lire, le reste de la famille non plus, personne n'échappera aux éclaboussures.

L'avocat de son frère s'est approché d'elle. Il n'a pas encore ôté sa robe, il est encore là en tant que professionnel du droit. Plus tard, il l'enlèvera, ils prendront un café loin du tribunal et il tentera de la réconforter comme il peut. Mais quand il prend la parole, c'est pour dire qu'il est désolé. Leur défense n'a pas fonctionné, il misait sur la reconnaissance d'une altération du discernement, circonstance qui aurait permis de réduire la peine, mais réduire, est-ce vraiment le mot ? Si l'argument avait convaincu la Cour, peut-être que le frère de Lisa n'aurait pris que trente ans, trente ans plutôt que la perpétuité. Depuis le début, elle s'est toujours interrogée : au fond, quelle différence ? Mais là, devant le tribunal judiciaire, quand l'avocat lui répète ces mots, Altération du discernement, elle saisit la nuance. Dans sa tête, à côté de la photo de son frère, elle comprend qu'elle préférerait écrire :

– Prisonnier (à cause d'une altération de son discernement)

– Criminel (à cause d'une altération de son discernement)

– Assassin (à cause d'une altération de son discernement)

Il est ça à cause de. Il n'est donc pas tout à fait ça. Son frère ne traverserait pas tout à fait la frontière, il garderait un pied dans son monde.

L'avocat lui explique ce qui va se passer. Son frère va retourner en prison, il a dix jours pour faire appel du verdict. S'il prend cette décision, il y aura un nouveau procès, peut-être l'année prochaine ou peut-être l'année d'après, il faudra refaire face aux victimes et il faudra de nouveau expliquer peu ou prou les mêmes choses (il n'y a pas d'autre stratégie possible), peut-être insister sur les progrès que son frère fera en prison, peut-être que le suivi psychiatrique lui permettra de prendre mieux conscience de son acte, des vies détruites. Peut-être. Entre les lignes, Lisa comprend que l'avocat a déjà énormément travaillé sur ce dossier, qu'il peine à imaginer un autre verdict, et qu'il arrive que la justice frappe juste dès la première instance.

Cette dernière partie la trouble, une équation surgit dans son esprit :

Frapper juste = réclusion criminelle à perpétuité

Frapper juste = peine la plus lourde du droit français

Quelques mois plus tôt, dans le procès des attentats de janvier 2015, l'un des terroristes poursuivis a écopé de la même peine, il a été reconnu coupable de complicité dans l'attaque de l'Hyper Casher parce qu'il a aidé le tueur, il était même son mentor, Lisa l'a lu dans le journal.

Parce qu'ils ont *ça* en commun, la perpétuité, est-ce que ça fait de son frère un terroriste ?

Après le verdict, l'avocat a pu s'entretenir brièvement avec lui. Il était sonné par les déclarations du juge, par les images simultanées de joie dans le public, les victimes en larmes, se congratulant, certaines après lui avoir jeté un regard libéré de quelque chose. Maintenant, il faut réfléchir à la possibilité d'un appel. Lisa ne veut pas l'influencer.

Au moment du verdict, elle a pleuré, mais elle s'est vite arrêtée, pour lui. Elle a profité de la liesse dans le public pour lui chuchoter quelques mots, Je viens vite te voir, ne t'inquiète pas. Elle n'est pas sûre qu'il ait entendu, mais à cet instant, elle ne pouvait rien faire de plus. Elle voulait seulement disparaître, devenir invisible, ne plus être là, ne plus être la sœur de. Dans le train qui la ramène chez elle, Lisa se remet à pleurer avec moins de retenue cette fois. Autour d'elle, pas grand monde. Sur la banquette rouge juste derrière, un groupe de jeunes rigole, Lisa imagine qu'ils vont passer la soirée ensemble, boire quelques bières en ville, retrouver d'autres amis et se projeter sur le week-end à venir. Est-ce qu'ils entendent ses sanglots ? Oui, l'un d'eux, celui qui est collé à la fenêtre du train. Il regarde défiler les noms de gares sans trop écouter les histoires de la bande. Ses oreilles naviguent dans un paysage sonore, il y a là les rires de ses amis, au deuxième plan la musique expédiée poussivement par l'enceinte d'un téléphone et puis au fond le ronronnement continu du train, parfois l'irruption d'un crissement métallique – le conducteur freine –, le nom d'une commune traversée. Ses sens font le tri, un reniflement discret, puis un deuxième, puis un soupir entrecoupé de légers spasmes. Le garçon tourne la tête, le mouvement est doux, dicté par les signaux perçus. Il voit une jeune femme brune aux longs cheveux lisses, la tête baissée. De son profil, il n'aperçoit que le haut du visage, sa bouche et son nez sont dissimulés derrière un masque chirurgical bleu. Ses yeux rouges plissés se perdent au sol, une larme coule le long de sa joue et part se réfugier sous le tissu du masque, une autre la suit, mais elle perd son adhérence au niveau de la pommette et finit suspendue au-dessus du vide. Lisa ne la retient pas, elle se décroche, chute et s'écrase par terre, tout cela en silence et sous le regard du garçon qui l'observe, Qu'est-ce qui la rend si malheureuse ?

Ce qui l'attend en rentrant : les discussions à venir avec sa mère, les discussions à venir avec son père, leur complainte au téléphone, les interrogations répétées – Mais qu'est-ce qu'on a mal fait ? Qu'est-ce qu'on a raté ? – et le sang-froid qu'il lui faudra pour ne pas leur répondre. Et puis demain, il y aura le retour au bureau, les regards de ses collègues à interpréter, entre ceux qui ne savent pas, ceux qui font semblant, et puis les quelques-uns à qui elle s'est confiée, l'une d'entre elles la serrera dans ses bras sans parvenir à la consoler. Elle s'immobilisera devant son écran, elle attendra que la journée se passe et puis elle rentrera chez elle.

Le garçon situé près de la fenêtre aimerait croiser son regard, tenter d'y déceler ce qui lui cause tant de peine, mais Lisa est immobile, la tête toujours penchée vers le sol, les yeux presque clos. Il finit par abandonner, détache ses yeux de la jeune femme et semble reprendre le fil de ses pensées.

## 2.

Du couple formé par son père et sa mère, Lisa peine à conserver des images. Dans la revue de ses souvenirs, elle constate une rupture nette aux alentours de ses dix ans, comme un coup de canif.

Quelques jours avant le procès, en cherchant des affaires ayant appartenu à son frère dans la maison où ils ont grandi, elle est tombée sur une vieille photo de ses parents. Il y a cette femme assise sur une chaise de jardin, une chaise en métal blanc piquetée de rouilles, la trace des années passées dehors. À côté d'elle, sur un tabouret, un homme brun. Son père est de profil, le regard tourné vers sa mère.

Mais la jeune femme ne s'intéresse pas à lui, elle regarde l'objectif, elle semble même s'adresser à la personne qui tient l'appareil photo. Lisa visualise le chemisier rouge sans manches de sa mère, son sourire estival, ses bras et son cou offerts aux caresses du ciel bleu, à la douceur des nuages traversants. Autour du couple, indistinct, du vert, celui des plantes et des arbres du jardin. Quand elle retrouve cette photo dans la maison, elle la montre à sa mère et lui fait part de ses regrets, elle lui dit qu'elle aurait aimé être là à ce moment précis, juste pour conserver une trace intime de l'amour qu'ont pu éprouver ses parents l'un pour l'autre. Sa mère se met à rire, elle vérifie la date imprimée à l'arrière de la photographie, Ça tombe bien, c'est toi qui l'as prise. Cette expérience de l'oubli, récurrente, bouleverse Lisa, mais ne la surprend plus. L'explosion du couple parental a créé une césure cessant d'alimenter ce qu'il y avait avant. Les souvenirs se sont figés, ils fanent quelque part dans sa mémoire, ils jaunissent comme de vieilles photos qu'on délaisse jusqu'au jour où, par hasard, elle fait le constat de leur disparition.

Ses parents se sont séparés quand elle avait dix ans, son frère en avait six. Ce qu'elle est certaine de se rappeler, ce sont leurs sanglots. Aucune photo n'en atteste, mais ces images sont stockées en elle indéfiniment, disséminées un peu partout, son corps les conserve. Quand l'une d'elles s'efface, Lisa en exhume une autre sans le vouloir. À chaque fois, le visage de sa mère ou celui de son père est au premier plan, et derrière, au loin, il y a son frère, toujours son frère avec la même mine enfantine, la même posture, assis en tailleur, comme une sorte d'autocollant à mauvaise échelle ajouté a posteriori. Il est là et là, il est également là, ici, sur celle-ci aussi, toujours là, et là.

Dans cette galerie, aucun des portraits ne ressemble à un autre. Il y a celui du père qui les accueille à l'entrée de sa nouvelle maison sans meubles, les yeux encore gonflés, il sourit quoiqu'il force un peu, personne n'est dupe. Elle reconnaît là celui qui camoufle sa tristesse en les emmenant en forêt, celui qui retient ses larmes quand il cuisine. Elle distingue aussi le visage aux traits tombants de sa mère, toujours active, elle s'agite pour ne rien montrer. Quand on passe la journée chez des amis, feignant le naturel, elle est la seule à enchaîner les verres de vin rouge, la seule à parler fort. Cet acharnement à l'occupation déborde, Lisa et son frère peinent à suivre le rythme, mais personne n'ose dire stop par crainte de la voir trébucher.

Seule la nuit rompt avec le mouvement. Lisa ne voit plus sa mère, elle l'entend. Dans l'un de ses souvenirs, elle est debout dans l'obscurité, elle fait face à la porte de sa chambre. Derrière, elle perçoit les spasmes, les reniflements humides. Elle se dessine une représentation de sa mère, allongée en travers de son lit, la tête plongée dans un coussin pour étouffer sa détresse. À cet instant, Lisa tourne la tête, son frère est là. Il observe fixement la porte, les yeux grands ouverts, immobile et silencieux.

Pendant le procès, ses parents ont été appelés à témoigner. À la barre, ils ont pleuré, chacun leur tour – Mais qu'est-ce qu'on a mal fait ? Qu'est-ce qu'on a raté ? – pendant que les victimes dans le public détournaient le regard. Lisa a ajouté ces nouvelles images à sa galerie de portraits.

Après la rupture, la vie se scinde en deux. Deux parents, deux maisons, deux décors, deux existences parallèles, deux régimes réglementaires. Chez son père, quelques mois ont suffi pour lever les barrières : les femmes sont rapidement autorisées à rester dormir. Le soir, au moment d'aller se coucher, Lisa les laisse assises sur le canapé, près de son père en train de ricaner. Elle est réquisitionnée à l'étage par son frère qui réclame ses histoires. Son père ne prend plus la peine de se déplacer, il privilégie l'ambiance du bas alors Lisa comble l'absence. Après les pleurs, son frère finit par s'endormir. C'est elle qui éteint la lumière avant d'aller rejoindre son lit situé dans la même pièce. Sa propre chambre au bout du couloir attend toujours un sommier, un matelas, une commode où ranger ses affaires, peut-être une lampe de chevet. Son père lui répète qu'il va s'en occuper. Quand ce sera fait, elle lui annoncera qu'elle n'aime pas être seule la nuit et qu'elle préfère s'endormir près de son frère. Mais pour l'instant, elle se tait, elle attend qu'il tienne sa promesse.

Quand Lisa et son frère retrouvent leur mère, ils reviennent à la maison où ils ont toujours vécu. Mais pour elle, ce n'est plus tout à fait la même chose, comme si les repères édifiés depuis l'enfance s'étaient légèrement décalés. Des photos ont été décrochées des murs, son père a aussi embarqué les canapés et la télévision. Le salon est étrangement vide. Lisa ne retrouve plus les bibelots avec lesquels, petite, elle s'imaginait des histoires. Dans la cuisine, des ustensiles manquent à l'appel, comme une partie des couverts dont il a fallu se séparer. Des objets ont disparu, et une partie de la maison avec.

Quand elle est à l'intérieur, Lisa ne peut s'empêcher de remarquer ces vides, de constater l'absence qui la renvoie à l'avant, à ces souvenirs dont la netteté faiblit déjà. Certains soirs, elle observe sa mère filer en larmes vers la salle de bains, elle dit qu'elle a besoin de prendre une douche, elle claque la porte, ferme le loquet et s'y calfeutre le temps qu'il faut. Lisa se retrouve au milieu du silence, elle regarde à sa droite, près d'elle son frère est toujours là, les yeux grands ouverts. Comme à chaque fois, elle lui prend la main, ensemble ils s'échappent du salon déserté par leur mère.

Être seul à deux les pousse à s'adapter. Entre Lisa et son frère crépite toujours une sorte de lumière incandescente, leur présence l'un auprès de l'autre éclaire leur visage et les réconforte juste ce qu'il faut. Ce n'est pas du luxe, mais ils forment ensemble un périmètre sain qui se déplace avec eux. Une aura les entoure, le contraste est saisissant, en particulier lorsque Lisa et son frère se confinent dans leur antre. Pour cela, il faut accéder au grenier. L'entrée se fait par une étroite fenêtre d'un mètre sur un mètre située dans l'escalier entre le rez-de-chaussée et le premier étage. Il faut l'ouvrir, lever les bras, appuyer ses mains sur le rebord, sauter pour y déposer un premier genou, et enfin se hisser à l'intérieur. Lisa passe toujours la première, ensuite elle tire son frère pour l'aider à grimper le long du mur. Une fois là-haut réunis, il faut encore avancer de quelques pas pour y parvenir.

C'est une sorte de cabane construite dans un recoin de la soupente. Il a d'abord fallu vider la zone d'à peine deux mètres sur trois, évacuer les cartons d'appareils électroménagers, les tapis enroulés et couverts de poussière, les chaussures de ski, les décorations de Noël, les souvenirs d'avant. Lisa a guidé les opérations, c'est elle qui a donné les ordres, Tout ce que tu trouves de stable, tu le mets ici, on verra après comment on fait, son frère s'est exécuté. Ils ont ensuite empilé les choses, surtout des albums photo regroupés dans des cartons pour édifier les murs, et en guise de ciment pour boucher les trous de vieux vêtements ayant appartenu à leurs parents. Plus le chantier miniature avançait et plus il émettait une fine lueur, semblable à celle d'une veilleuse à la teinte orangée autour de laquelle Lisa et son frère s'affairaient. Puis ils ont réfléchi au toit, dernière surface pour les couper de l'extérieur. Comment le faire tenir ? Après conciliabule, Lisa et son frère sont tombés d'accord : l'avantage de construire à l'intérieur d'une maison, c'est qu'il n'y pleut pas, l'étanchéité n'est pas un problème, ils utiliseraient une couette étendue. Après une journée de travail, le grenier abritait désormais un nouvel habitat, le leur.

Quand Lisa et son frère se réfugient dans la cabane, c'est à dire la plupart du temps, c'est là qu'elle rayonne le plus, d'une lumière dorée, flamboyante. C'est leur endroit secret. C'est de ce poste caché qu'ils préparent leur discours pour annoncer à leurs parents qu'ils préfèrent vivre ici plutôt que chez leur père. Mais c'est aussi depuis la cabane qu'ils entendent les sanglots de leur mère sous leurs pieds, alors ils se taisent et baissent la tête comme s'ils avaient la capacité de voir le salon à travers le plancher. Lisa finit par relever la tête en même temps que son frère, elle le regarde, se bouche les oreilles pour que son frère l'imite, ils se font face, les deux mains collées sur leurs tempes. Elle lui sourit, Tout ira bien, le visage de son frère s'éclaire, au milieu le feu reprend vie.

Lisa a douze ans quand son père fait une dépression. Il est retombé amoureux d'une femme qui s'est installée dans la nouvelle maison. Elle est partie six mois plus tard, emportant avec elle le peu de confiance qui lui restait. Quand ils sont chez lui, son frère pique des crises, et avec son père c'est à qui criera le plus fort. Quand leurs visages rougissent, Lisa intervient, elle prend son frère par la main et l'emmène à l'étage pour le calmer. Ils s'enferment dans sa chambre pour ne plus entendre ce qui se passe en bas, elle l'allonge sur le lit, lui caresse le front, même s'il continue de s'agiter, entre eux une faible lueur s'anime. Après un certain temps, il s'endort sous les yeux de Lisa, une lumière douce et orangée lui caressant le visage. Dans la pièce au bout du couloir, toujours pas de lit ni de commode.

Dans le grenier de la maison maternelle, la cabane est toujours là, dans son coin. Elle n'a pas bougé, mais elle a évolué : la hauteur sous plafond a été revue à la hausse, comme la taille des deux enfants qui l'habitent. Au fur et à mesure, de nouveaux livres sont venus s'empiler sur les colonnes déjà existantes afin d'élever, niveau par niveau, le toit couette. Il coiffe un édifice de plus d'un mètre de haut. Depuis qu'ils sont tout petits, Lisa et son frère n'ont jamais voulu modifier la seule règle du lieu : à l'intérieur, on ne doit pas pouvoir se mettre debout.

Un jour, quelqu'un fait irruption dans la maison sans frapper. Lisa et son frère sont alertés par le bruit de la clenche que l'on violente, puis par celui de la porte qui cède. Un homme entre comme une bourrasque, sa mère se le prend comme une gifle. La suite, ce sont des hurlements. Lisa reconnaît tout de suite l'une des voix de son père, celle associée aux portraits les plus sinistres. Par réflexe, elle saisit le bras de son frère, Viens avec moi, on monte. Quelques instants plus tard, ils sont dans leur cabane, les genoux collés l'un à l'autre, Lisa ordonne à son frère de se boucher les oreilles, ses deux petites mains n'y suffisent pas alors elle ajoute les siennes pour renforcer la paroi. En dessous, un homme vomit sa rancœur contre les femmes, les cris se mêlent aux insultes, et tout ça forme un torrent boueux qui envahit le salon. L'odeur nauséabonde se glisse à travers les lézardes du plancher et parvient jusqu'à l'intérieur de la cabane, Lisa a pitié, et l'autre continue de gémir, et si les enfants ne veulent plus venir c'est parce qu'elle les a ligués contre lui, c'est de sa faute, tout est de sa faute. Un verre se brise, Lisa sursaute. À côté, son frère surpris par le mouvement rouvre les yeux, il repousse les mains de sa sœur, les cris atteignent désormais son cerveau. Leur mère s'immobilise, il n'y a rien à faire à part attendre que la bourrasque s'évanouisse comme elle a surgi. Il est éploré, il n'en peut plus, il dit que de toute façon il ne veut plus s'occuper des enfants, ses phrases suintent, et Lisa s'en essuie les joues. À ses côtés, son frère sanglote, à bas bruit de peur d'être repéré. La lueur orange émise par la cabane faiblit, Lisa se redresse, se tourne vers lui et l'enlace, Tout ira bien tu verras, on n'a pas besoin de lui.

Est-ce dans ce genre d'instants que les liens se nouent ? De quelle matière sont-ils constitués ? Quels mots pour décrire leur robustesse, leur élasticité ?

Trois semaines plus tard, le téléphone sonne. Lisa et son frère sont en train de dîner, leur mère décroche. Allô. Oui c'est moi. Puis un long silence. Leur père est à l'hôpital. Il a voulu se tuer. Aux enfants, elle parle d'un accident. Le début des mensonges.

Lisa entre en troisième quand son frère entre en sixième. Dans la cour, il n'y a pas de cabane. Elle se tracasse un peu pour lui, elle craint qu'il ne parvienne pas à se faire des amis. Pendant la récréation, elle a peur de tomber par hasard sur un petit garçon assis seul sur un banc à attendre la sonnerie, de reconnaître ses baskets à scratchs et sa casquette bleu marine, son visage.

Ce n'est pas qu'elle ne veuille pas l'aider, mais au collège Lisa est une autre personne, coupée du reste, c'est une bonne élève que ses professeurs félicitent, son cartable est organisé, le cahier de textes toujours dans la poche avant avec le carnet de correspondance, les cahiers de cours occupent la poche collée au dos qu'ils partagent avec la trousse, son trésor. C'est un repère de vestiges dans lequel elle conserve des souvenirs précieux ; tiens, là par exemple, il y a une statuette miniature de la reine d'Angleterre qui la ramène un an plus tôt lorsqu'elle était en quatrième. Sa professeure d'histoire-géographie avait organisé un voyage de classe sur les traces de Guillaume le Conquérant. Elle garde en mémoire le long trajet en car jusqu'à Calais, puis le bateau, la sensation d'appréhender bientôt un monde nouveau avec ses camarades, de découvrir un ciel qu'elle n'a encore jamais vu, le visage des garçons, leur manière de vouloir faire les beaux, le sentiment d'être entourée, d'être au centre de quelque chose, cette fois c'est elle que la vie protège. Quand dans sa trousse Lisa aperçoit le visage rieur de la reine d'Angleterre au milieu de ses stylos, elle devient légère comme l'existence peut l'être, un simple courant d'air et la voilà qui s'envole, le souffle l'emporte et la ramène devant cette boutique de souvenirs à Londres, elle attend les filles, mais c'est ce garçon qui sort, il a l'air gauche, Lisa le trouve mignon. Il a les deux mains jointes derrière le dos, il s'approche d'elle, lui tend un cadeau enroulé à la hâte dans du papier journal. À lui seul, ce paquet révèle la douceur des choses improvisées dans l'urgence, Tiens c'est pour toi, le papier se déplie comme une fleur s'ouvrirait. Lisa découvre en son cœur la figurine.

Dans sa trousse, on trouve aussi ce qui ressemble à une sorte de coquille en bois clair. À l'intérieur, une minuscule coccinelle repose en équilibre sur une tige d'allumette. Elle est censée porter bonheur, c'est ce que lui a dit son frère quand il la lui a offerte. C'était à la fin d'une colonie de vacances au mois de juillet, elle était dans les Pyrénées, lui en Bourgogne, elle avait découvert le rafting et lui la spéléologie sauf qu'il s'était cassé le bras deux jours avant la fin du séjour. Au téléphone, la directrice a expliqué à leur mère qu'il y avait deux solutions : soit il restait malgré son plâtre en sachant qu'il ne pourrait pas participer aux dernières activités prévues, soit il était rapatrié. Au bout du fil, un silence, suivi d'une série de mots empaquetés, prononcée en bloc, Je ne peux pas le récupérer – elle mentait – ça va aller il va bientôt retrouver sa sœur.

Deux jours plus tard, Lisa l'attend à la descente du car. Sa mère lui a demandé de bien s'occuper de lui, elle lui a répondu sèchement, J'ai pas attendu que tu me le dises pour le faire. Lisa ne supporte plus ses dissimulations, elle empile les mensonges depuis la tentative de suicide de leur père, l'édifice s'affaisse jusqu'à l'écroulement, Lisa en est régulièrement témoin, mais sa mère est la seule à croire que l'illusion perdure. Son frère est sorti dans les derniers, elle l'a tout de suite reconnu à sa casquette bleu marine et à son plâtre qui lui remontait presque jusqu'à l'épaule. La suite, c'est une série d'instantanés : son regard scanne les parents présents, il cherche sa sœur, il tourne la tête, la reconnaît, court dans sa direction, Lisa a juste le temps d'ouvrir ses bras et c'est l'impact. Il la serre, plus fort que ce à quoi elle s'attendait, il se met à pleurer silencieusement. Autour, tout disparaît. Ils sont seuls dans leur cabane.

Au troisième jour de la colonie, le frère de Lisa ne pensait qu'à elle lorsqu'il a acheté la minuscule coccinelle sur un marché d'artisans. Bientôt, l'insecte rouge et noir rejoindra la reine d'Angleterre, une place lui était déjà réservée à ses côtés.

La trousse de Lisa ne diffère pas de celles des autres adolescentes de son âge. Rien ne permet d'y déceler sa singularité, pas de photo de son père interné, pas de C.V. sur lequel on pourrait lire les compétences qu'elle a développées dans la gestion affective de la vie de son frère ou dans l'écoute résignée des fabulations de sa mère. Au collège, Lisa ne laisse rien paraître, elle porte un masque à l'effigie de son visage, il épouse ses traits jusqu'à ce que les deux ne fassent qu'un, son masque devient son visage, et son visage n'est plus tout à fait son visage. Le soir, dans son lit, après avoir dit bonne nuit à son frère, après s'être lavé les dents, il lui arrive de s'endormir avec, un oubli. Le matin, elle se réveille, se regarde dans le miroir, suit les traits de sa bouche, de son front, ses joues, distingue les rares imperfections du masque, les ombres trop marquées sur les paupières, les taches de rousseur légèrement trop foncées, l'arc des narines trop appuyé, quasiment rien, elle est la seule à les discerner, mais cela suffit pour qu'elle comprenne. Cela dure à peine quelques secondes, puis elle ferme les yeux, secoue la tête, rouvre les yeux, s'oblige à ne pas s'attacher aux détails, photographie ce visage, Le mien, se le répète, Le mien, se force à le répéter, Le mien, un sourire, Le mien, ça va aller, elle continue de se regarder, le masque comme une matière vivante se transforme, il s'adapte à chaque nouvelle seconde, gomme les quelques défauts apparents. Lisa s'observe une dernière fois, les imperfections ont disparu. Elle est prête pour aller au collège. Le masque possède cet avantage : il camoufle la honte.

# 3.

Son frère : en prison. Son père : rentré chez lui, seul. Sa mère : aucune nouvelle. Lisa : rentrée chez elle, seule. Quatre atomes d'une même molécule dont les liens se distendent en permanence.

Quand elle passe la porte de son appartement, Lisa retrouve son fils. Il commence par tendre ses bras pour s'attacher aux jambes de sa mère le temps qu'elle enlève son manteau, puis il monte d'un cran et lui agrippe le cou, deux corps qui n'en forment plus qu'un, une nouvelle molécule. Cette dernière évolue dans un environnement propice à son développement, un appartement avec un salon et une chambre, c'est suffisant, elle se déplace avec fluidité d'une pièce à l'autre comme portée par un courant marin.

Cela fait des années que Lisa ne porte plus de masque. Elle l'a arraché, morceau par morceau, elle garde en mémoire et dans le corps les craquements émis quand elle s'y est attaquée, quand elle a essayé de le décoller d'un coup sec sans y parvenir, le masque était accroché depuis bien trop longtemps. Elle a décidé de procéder plus méthodiquement, de se concentrer d'abord sur les principaux points d'attache : les tempes, le front, le menton, le haut des mâchoires. Ensuite, les zones humides : yeux, bouche, nez. Ce travail par étapes lui a pris du temps et beaucoup d'énergie, mais il a fini par aboutir.

Les restes du masque existent toujours, Lisa ne les a jamais jetés. Ils sont rangés, quelque part près de son ancienne trousse dans un meuble de la chambre à coucher. Pour le procès, elle a longtemps hésité à ouvrir la boîte en bois dans laquelle ces reliquats sont emprisonnés. Pour faire face aux victimes de son frère, Lisa a failli se frayer un chemin jusqu'à cette crypte ensevelie depuis des années, et puis elle y a renoncé. Elle s'est dit qu'elle irait seule, presque sans protection, c'est ainsi qu'elle vit désormais.

Trois jours après le verdict, Lisa reçoit un coup de téléphone, l'avocat de son frère, Alors qu'est-ce qu'on fait ? Qu'est-ce qu'on fait. On ne fait rien. C'est ce que répètent ses parents.

Ils craignent qu'en cas d'appel ce soit eux qu'on finisse par enfermer pour les punir d'être les parents de ; madame, monsieur, vous êtes jugés coupables d'avoir créé cet homme, vous devrez assumer d'avoir engendré un criminel, c'est pourquoi la Cour vous condamne à le rejoindre et à enfin vous en occuper pour le restant de vos jours. Quand elle entend leurs plaintes, elle aimerait s'en saisir, les écraser comme on écrase une bouteille en plastique vide, puis les jeter dans la poubelle jaune, celle des matériaux recyclables. En fin de circuit, peut-être qu'il en sortirait quelque chose d'utile.

Qu'est-ce qu'on fait ? Lisa sait qu'au fond, c'est à son frère de décider, mais en est-il capable, vu son état ? Elle s'est renseignée sur Internet, et elle est tombée sur des chiffres, des tas de chiffres sur le bulletin d'information statistique du ministère de la Justice. Il y a des tableaux, des flèches, des pourcentages et, derrière, des prisonniers. Lisa aime bien les données scientifiques, c'est son domaine, même si derrière celles qu'elle manipule dans ses prévisions, il y a d'autres formes de fluides. Ses modèles renseignent sur des forces invisibles, celles des vents, des courants marins, ils supposent des tempêtes dont certaines stagnent au-dessus des océans et dont la puissance suffirait à balayer une prison et tout ce qu'elle renferme. Lisa lit : dans les cours d'assises françaises, entre 2003 et 2005, la peine a été allégée pour 38,7 % des condamnés, soit pour 464 personnes sur 1 198. Lisa comprend : 4 cas sur 10. Premier cas, deuxième cas, cas de son frère, quatrième cas. Son frère peut très bien se glisser parmi les 4 cas sur 10.

Au mieux, son frère pourrait prendre trente ans plutôt que la perpétuité. Tout au long de la procédure, l'avocat l'a prévenue : c'est plaidable. Lisa a fait le calcul.

Son frère a 33 ans.

33 plus 30 égale 63 ans.

Avec les remises de peine, il pourrait sortir de prison, disons aux alentours de soixante ans.

Prise de conscience : l'univers carcéral sera désormais un fil rouge de sa propre vie.

Allumer le contact de la voiture, sortir de la ville, prendre au nord, traverser la campagne, s'en extraire, passer par la zone commerciale, emprunter la troisième sortie au rond-point, puis continuer tout droit, au loin on aperçoit déjà une sorte de dôme triangulaire en béton gris, froid comme une tour de guet, avec une vitre derrière laquelle sont campés les surveillants. À chaque fois, Lisa pense à la tête casquée d'un cyclope. Quand son œil tombe sur elle, il ne la quitte plus, il la scrute en train de sortir de sa voiture, fermer la portière, puis il l'observe de haut lorsqu'elle longe le mur d'enceinte jusqu'à l'entrée. Là, Lisa vide ses poches, confie une pièce d'identité, son téléphone portable interdit à l'intérieur, l'œil est toujours fixé sur elle, il la scanne, la déshabille, il opère la fouille, intrusif, sans se soucier du mal-être croissant.

Une fois les contrôles effectués, on l'accompagne, les couloirs sont longs et hachés, il faut régulièrement ouvrir des grilles en métal pour passer d'un quartier à un autre, on entend des bruits de pas, des bruits de clés, des bruits de portes, parfois un cri, et tout se mélange dans un écho qui lui saute au visage avant de s'échapper de la prison et de se perdre dans les champs alentour.

Puis elle arrive aux parloirs alignés, numéro 1, numéro 2, numéro 3, numéro 4, numéro 5, numéro 6, numéro 7, on lui donne un numéro, elle y va, elle s'installe, il y a une lumière blanche, une table et deux chaises, une caméra dans un coin, le cyclope ne la lâchera jamais, et là il faut attendre qu'on lui amène celui qu'elle vient

« visiter ». On visite un prisonnier, parce qu'on vient voir ce qu'il y a à l'intérieur, on essaie d'ouvrir, et puis on examine. Lisa visite régulièrement son frère pour s'assurer que l'assemblage interne tient toujours, aussi branlantes que soient les fondations. Pas d'ordre du jour, il commence par raconter comment il va, ses traitements médicaux, son suivi psychiatrique. Elle enchaîne sur son fils, puis sur les rares nouvelles de la famille. Mais cette fois-là, la discussion habituelle est bousculée par un sujet prioritaire : Qu'est-ce qu'on fait ? Tu as réfléchi ? Tu veux faire appel alors ou pas ? L'autre est embêté, son avocat est aussi venu le voir la veille pour lui rappeler que c'était son droit le plus strict, mais qu'il fallait qu'il prenne en compte l'épreuve qu'avait constitué le procès en première instance, aussi bien pour lui que pour les victimes. La question qu'il fallait qu'il se pose, c'est : ai-je quelque chose à dire de plus ? Dois-je en dire plus ? À Lisa, il répond qu'il a l'impression d'avoir tout dit, mais peut-être pas de la bonne manière, peut-être qu'à cause des médicaments ses mots n'ont pas eu le courage d'atteindre leur but, qu'à peine sortis de sa bouche ils se sont effondrés, ils se sont écrasés par terre, et que personne, pas même le président du tribunal, n'a fait l'effort de les ramasser pour tenter de les comprendre. Lisa l'écoute, a conscience qu'il est plus simple de rejeter la faute sur les autres que d'admettre la sienne, elle pense à la poubelle jaune, celle des recyclables où végètent déjà les plaintes de ses parents, elle se dit que celles de son frère pourraient les rejoindre. Est-ce qu'il se sent coupable ? Est-ce que le procès lui a fait prendre conscience de ce qu'il a fait ? Quand elle le regarde assis en face d'elle, elle voit un regard vitreux et c'est à peu près tout, elle doute, elle a envie de pleurer, mais elle se retient. Elle reprend : Est-ce que tu crois que revivre un procès pourra t'aider ? Entendre de nouveau les victimes ? Je te pose la question calmement et sans préjuger de ta réponse, mais est-ce que tu en es capable ? Et si oui, qu'est-ce que tu peux apporter de plus ? Qu'est-ce qui en vaut la peine ?

Son frère a baissé la tête, un silence, il relève la tête. Au fond d'elle : l'image de lui petit, assis en tailleur, les yeux plissés comme s'il la regardait à contre-jour. Lisa n'a pas envie de continuer, elle sait pourtant quelle ficelle tirer, elle tend le bras presque contre son gré, pose la main sur celle de son frère, Moi je crois que s'il y a une seule chose sur laquelle tu pourrais vouloir insister, c'est sur le fait que ça n'était pas totalement toi le soir des faits. Les psychiatres ont reconnu que tu n'étais pas dans ton état normal. Pause, puis dans un chuchotement : Faire appel, c'est d'abord penser à toi. Lisa s'entend presque dire ces mots, comme si elle était extérieure à elle-même, c'est une expérience suffocante parce qu'elle subit son propre langage, chaque mot délivré est instantanément regretté et pourtant elle poursuit. La mécanique du discours, partie d'un point A, ne s'arrêtera que lorsqu'elle aura atteint son but en un point B, et elle assiste impuissante à cet engrenage, c'est trop tard. Faire appel, c'est d'abord penser à lui, et dans l'ombre de ce lui Lisa s'affaire, elle tient à bout de bras le *l* et le *i* pour éviter l'effondrement. Lors du procès, face aux regards des victimes, elle a cru faillir. Mais elle a tenu bon. Son frère n'a personne d'autre.

Quand elle termine, elle revient dans son corps, en reprend le contrôle, et ça commence par la sensation de froid sous sa paume qui lui fait brusquement lever la main, celle de son frère en dessous n'a pas bougé, elle est toujours posée sur la table blanche. Lisa lève les yeux, croise le regard de son frère, elle voudrait s'échapper alors elle se tourne sur la droite, elle tombe sur la caméra accrochée au mur dans l'un des coins du parloir, elle imagine les micros, elle imagine le cyclope en train de s'abreuver de ses paroles en direct et en conclure qu'elle a choisi son camp, et puis elle se dit que ça y est, tout est enregistré de toute façon elle ne peut plus faire marche arrière, la caméra a filmé son corps en train de dire ces mots, ses mots sont entrés dans les micros et dans la tête de son frère. Maintenant, ils existent et ils travaillent.

Lisa se lève, la visite est terminée. L'expression du visage de son frère n'a pas changé, il faut du temps pour qu'il absorbe et digère le message qu'elle vient de lui remettre. À peine un geste de la main, et chacun repart de son côté, lui à l'intérieur, elle à l'extérieur. Chemin inverse, murs pâles dont la peinture bas de gamme vire au brun, moisissure, bruits de portes, bruits de clés, bruits de pas, un cri, elle sort de là comme un fantôme. Devant elle, un dos muet, celui du surveillant qui l'escorte vers la sortie, aucune parole, il salue les collègues au passage, un simple hochement de tête. Une fois recrachée devant la tête casquée du cyclope, Lisa prend une profonde inspiration, marche vers sa voiture tout en rallumant son téléphone portable. Au moment d'ouvrir la portière, elle s'immobilise, regarde en l'air, un ciel bas et gris, sa poche vibre. Sur son téléphone, elle lit un message, entre dans sa voiture et se reconnecte au reste de sa vie.

# 4.

La cabane n'a plus de toit, les façades ne sont plus au même niveau, certaines se sont effondrées et n'ont jamais été reconstruites. Dans le grenier, des tas d'albums photo sont recouverts de poussière, cela fait longtemps qu'ils traînent par terre, mais Lisa ne prend plus la peine de les ramasser pour rafistoler les murs. Cette maison n'est plus tout à fait la sienne. Son espace est celui de son esprit, celui d'une fille de bientôt dix-huit ans, il est ailleurs, peut-être au bord de la mer, elle aimerait bien. Elle en a fait l'expérience pendant trois semaines du côté de Granville. Là-bas, elle a découvert les grands espaces et elle à l'intérieur. Marcher le long de la grève délivre son corps, il chavire avec le vent, son regard s'échappe et virevolte au large, c'est un environnement vidé de toute contrainte loin de la vie qu'elle mène, consacrée à se préoccuper de celles des autres.

Au lycée, cela se passe bien, le masque est plus que jamais fidèle à son visage, Lisa ne le quitte plus. Année après année, matière vivante en mutation permanente, il a gommé ses grossièretés initiales, corrigé çà et là les imperfections naissantes, il a su s'adapter aux révolutions de l'adolescence pour renvoyer aujourd'hui l'image d'une jeune adulte déterminée et indépendante – c'est en tout cas la représentation qu'en ont ses amis. Si elle ne parle quasiment jamais de sa famille, si les carences sont tues, on se dit que c'est parce que sa vie n'est pas là, on l'imagine sortir avec un garçon plus vieux qu'elle, un étudiant majeur qui occupe un studio dans le centre-ville. Avec lui, elle passe des nuits langoureuses, mais grâce au masque, à l'autorité de son regard, personne n'ose l'interroger sur cette vie de peur de passer pour un gamin curieux qui de toute façon ne pourrait pas comprendre. Elle est cette bonne camarade qui impressionne par la pertinence de ses avis sur de nombreux sujets, les autres l'écoutent le midi à la cantine et, quand vient le soir, assis autour de la table familiale, ils reprennent à leur compte ses arguments devant des parents surpris par cette liberté de ton fraîchement acquise. Elle n'hésite pas non plus à dire du bien d'un garçon ou d'une fille du lycée contre l'avis général, les autres en déduisent qu'elle n'a peut-être pas tort et qu'il faudrait faire preuve de plus de bienveillance, si Lisa le fait c'est qu'il doit y avoir une bonne raison. On l'invite aux soirées, mais personne n'est encore venu chez elle et personne ne s'en offusque, c'est comme ça. Le masque a ce pouvoir d'empêcher ne serait-ce que les prémices du dévoilement, il bloque toute voie d'accès à l'intime sans que Lisa ait à établir de stratégie.

Pourtant, elle aussi rêve d'une vie secrète, une vie d'aventures avec un jeune étudiant faite d'allers-retours entre chez elle et chez lui, des trajets en train à ne penser qu'aux dernières heures passées, à les détacher de ce qu'il y avait avant et de ce qu'il y aura après, à tenter de recréer sur chaque parcelle de son corps la sensation de chaleur procurée par le contact du sien, la pulpe de ses doigts effleurant ses lèvres, un souffle sur sa poitrine… stop. Rien de tout cela n'arrive, puisque la maison la rattrape avant même qu'elle passe le portail, Où vas-tu comme ça et à quoi tu rêves ? Reviens ici tout de suite, on a besoin de toi.

À dix-huit ans, Lisa :

- s'imprègne des confidences de son père dépressif et suicidaire à qui elle rend visite trois fois par semaine
- supporte le déni et les mensonges de sa mère
- gère la crise d'adolescence explosive d'un frère de quatorze ans
- a conscience que son visage n'est plus tout à fait son visage.

Toutes ces affirmations forment une entité avec des règles bien définies auxquelles Lisa doit se plier. La maison par exemple : elle attend de Lisa qu'elle donne les directions, un cap. À l'intérieur, la gravité n'existe pas, la maison est travaillée par un ensemble de forces contradictoires, elles se combattent sans que jamais aucune réussisse à prendre l'ascendant. Ces confrontations provoquent de la violence qui n'aboutit à rien, elle ne fait qu'être là. Chaque jour, Lisa doit trouver des points d'inertie pour stabiliser cet environnement, mais elle n'y parvient pas toujours, alors la maison s'agite, les murs ondulent sous la pression, la maison penche à droite, vire à gauche comme sous l'effet d'un coup de poing, et puis elle s'écrase, elle voudrait fendre le sol et disparaître sous terre, mais l'assaut est vite repoussé par une dynamique contraire qui verrait bien la maison décoller vers le ciel pour ne plus jamais revenir.

À l'intérieur, dans ces moments de grandes tempêtes, Lisa s'accroche à tout ce qu'elle peut pour ne pas tomber, elle inspecte chaque recoin, pièce par pièce, elle court malgré les secousses jusqu'à ce qu'elle trouve la cause de ce déchaînement – son frère dans sa chambre au téléphone avec leur père, au bout du fil l'autre déverse sa peine sans filtre – Lisa sait ce que c'est, son masque la protège, mais pas son frère dont l'esprit s'imbibe de paroles malades. Elle lui arrache le téléphone, Papa je t'ai déjà dit de le laisser tranquille, et elle raccroche, son frère en face est assis, les yeux grands ouverts sur le vide, immobile et silencieux. La maison continue de tanguer, sa mère choisit ce moment pour entrer dans la chambre, son frère se lève les poings serrés et doucement s'approche d'elle, mais Lisa s'interpose ; elle ne dit rien, elle l'empêche d'avancer. À peine touche-t-elle son avant-bras que tout son corps se crispe. Toute la colère, toute la frustration liée à ce père, à cette mère, à l'incompréhension de tout ce qui a pu les mener jusque-là, tout est là, juste sous la peau de son frère, ça la traverse comme une décharge électrique. Une autre secousse la fait chavirer. Cela dure encore quelques secondes, et puis tout s'arrête. Ses pieds retrouvent le sol, sa mère et son frère se font toujours face, mais en silence, Lisa les neutralise, elle n'est plus très loin du point d'inertie, la maison cesse de s'ébranler. Ce jour-là, elle est à bout, elle avance vers son frère, lui redonne son téléphone, fait asseoir sa mère, ils ne le savent pas encore, mais elle va leur annoncer que d'ici quelques mois, après le bac, elle déménage, elle a été admise dans une prépa scientifique au Havre. Elle ouvre la bouche, le son est extirpé depuis le fond de son ventre, Je vais partir. Sa mère ne dit rien, son frère se relève, serre les poings, il va hurler, l'image se fixe, les forces à peine assoupies se réveillent avec fracas, la maison tremble à nouveau, présage de la tempête à venir.

## 5.

Quand elle rentre de la prison, elle croit faire illusion auprès de son fils. Mais quand son enfant discerne le son des clés dans la serrure et qu'immédiatement il braque et fuse en direction de l'entrée sous le regard amusé du baby-sitter, Lisa est encore alourdie. La porte s'ouvre à peine, et déjà il perçoit cette pesanteur, alors il lui fait une place près de lui, Lisa se laisse porter un temps, elle suit le flot comme à l'intérieur d'un banc de poissons, mais à peine quelques minutes, juste le temps que le corps se fluidifie.

Une fois son fils couché, Lisa se retrouve seule, elle s'allonge sur le canapé. Si son frère fait appel, elle aussi devra de nouveau se présenter à la barre. Pour la justice, Lisa est une témoin utile pour examiner la personnalité de son frère, elle est la mieux placée pour décrire son enfance, sa scolarité, ses échecs, qui il est. Lisa fait partie du clan. Mais depuis que son frère a tué, le clan est vicié, progressivement son cœur pourrit, et en pourrissant il diffuse une substance dans son périmètre restreint qui en embourbe les membres. Ils ne sont plus très nombreux, certains proches de la famille sentant le vent tourner ont réussi à s'en extirper avant que la maladie honteuse ne se propage : s'éloigner au plus vite, couper les ponts, ne plus répondre au téléphone, faire semblant de ne pas avoir vu, de ne pas savoir. Ceux qui restent sont pris au piège, englués dans le crime commis, ce n'est pas le leur, mais quelque part le clan est responsable, la loi du talion n'existe plus, mais ses règles perdurent sous une forme différente, elle frappe clandestinement, et qui pour le nier ? La parole du clan a sa place dans le procès, Lisa en a fait l'expérience : la justice a légitimement décortiqué l'intimité de son frère pour tenter de comprendre, elle a désossé la sienne et celle du reste de leur famille, le clan a été disséqué, ses membres écartelés publiquement comme une souris de laboratoire soumise aux expériences de collégiens, une souris dont il faudrait prélever tous les organes, un par un, les deux pattes supérieures tirées vers le haut, puis fixées à l'aide d'un clou, même traitement vers le bas pour les deux pattes inférieures. À la seule différence qu'au moment de l'opération la souris est morte, les coups de scalpel ne la font pas couiner, le sang congelé ne coule plus, la douleur reste à l'écart. Le clan, lui, continue de vivre, mais jamais un cri de douleur ne doit s'échapper de cette bulle, il faut tout conserver, là, près du cœur pourri, se partager le fardeau, mais ne jamais l'exhiber, qu'ont-ils perdu si ce n'est un fils, un frère monstrueux ?

Ce soir-là, Lisa reprend le carnet dans lequel elle a consigné toutes ses notes pendant le procès. Elle peine à relire les dernières phrases, le verdict prononcé par le juge, l'écriture est difforme, comme si sa main tremblait. Elle déchiffre « perpetuite » noté tel quel, sans accent, elle se souvient l'avoir écrit d'une traite sans lever le poignet comme s'il y avait une urgence à ce que le mot existe, il a surgi comme un coup de canon, autonome, tiré sur la page blanche. Lisa se saisit d'un stylo noir, tourne une page, puis une deuxième,

une troisième,

Mon frère est un bourreau.
Ai-je le droit de souffrir ?

## 6.

Le Havre : une ville bombardée pendant la guerre, détruite. Il a fallu des années pour la rebâtir, pour ranger, nettoyer ses rues et réorganiser l'espace, lui offrir une nouvelle géométrie. Le centre-ville en bord de mer est un quadrillage, on avance par bloc, rectangle après rectangle, et lorsqu'il faut tourner c'est toujours en angle droit. Lever la tête, c'est se confronter au béton, à l'alignement des fenêtres, aux diagonales des toits qui tranchent le ciel jusqu'à l'horizon, et au-delà : la mer. Dans cet univers ordonné, le regard s'insère dans le trafic des lignes parallèles et se laisse guider par les flux : à l'arrêt à l'angle d'un bâtiment, il s'accroche à la rugosité du béton, suit la ligne des balcons filants et accélère progressivement, il gagne en légèreté au fur et à mesure qu'il s'approche de la côte, au bout de la rue il y a la fraîcheur de l'eau salée, plus possible de faire marche arrière désormais, bientôt c'est le grand plongeon. Le trajet est éphémère, à peine un instant pour traverser la minéralité de l'architecture dont le rôle est bien d'aiguiller ses hôtes, de les projeter vers l'horizon, et c'est encore mieux s'il est aquatique. C'est ainsi que Lisa expérimente sa nouvelle ville. Il y a l'ordre et il y a la liberté.

D'abord, elle suit une prépa scientifique, elle rêve de devenir ingénieure météorologue. Dans la voiture conduite par sa mère qui l'a menée jusqu'au Havre : une valise avec quelques vêtements, une poignée de livres, et c'est à peu près tout. Pour ce qui est du mobilier, elle verra sur place et surtout, elle veut se débrouiller. Un studio l'attend quelque part dans cette ville, elle compte remplir ce nouvel espace avec son avenir.

Pour le déménagement, son frère l'a aussi accompagnée, elle ne s'y attendait pas. Après l'annonce du départ, son attitude à son égard s'est transformée. Il s'est montré distant, et tout à coup colérique quand par exemple elle lui a affirmé qu'il pourrait venir la voir quand il en a envie, Tu verras là-bas, il y a la mer, et puis au large on aperçoit tous les jours des porte-conteneurs gigantesques. Ils flirtent avec la ligne d'horizon. De la plage, on peut encore distinguer les différentes couleurs de la cargaison, on dirait des murs en Lego, il y a des cubes rouges, des cubes blancs et d'autres bleus, empilés, on se demande comment ils tiennent en équilibre sur ces barques géantes et on se demande comment cette barque géante tient en équilibre sur l'eau et on se demande comment l'eau résiste à la charge de ces navires traversant paisiblement l'Atlantique comme on nage le dimanche matin à la piscine municipale. Lisa aimerait partager ses réflexions naïves avec son frère comme elle pouvait débattre des heures avec lui quand ils étaient réunis dans leur cabane, chercher des réponses magiques à leurs questionnements, mais quelque chose s'est rompu, le feu s'est éteint doucement, plus de crépitements, à peine aperçoit-on quelques rougeoiements si l'on soulève les braises blanchies par la suie. Quelque chose s'est consumé sans qu'elle y prenne garde. Spontanément, elle se dit que son frère est égoïste et qu'il devrait être heureux pour elle.

Au moment de l'emménagement, son frère n'a rien fait. Il n'y avait pas grand-chose, deux allers-retours entre le rez-de-chaussée et l'appartement au quatrième étage ont suffi pour transporter les affaires de Lisa, mais elle a dû se débrouiller avec sa mère. Dès que la porte s'est ouverte, son frère est entré et s'est installé dans un fauteuil beige, le seul de la pièce, près de la fenêtre. Il n'a rien dit, il est resté là pendant que Lisa vidait sa valise, pendant qu'elle plaisantait avec sa mère en lui faisant visiter le coin « kitchenette » situé dans l'unique pièce de l'appartement, comme si elle lui faisait découvrir l'un des multiples salons de son palace. Son frère est resté silencieux et immobile, les bras posés sur les accoudoirs du fauteuil. Quand elle l'aperçoit du coin de l'œil, avachi, elle comprend qu'il n'est pas venu pour l'accompagner, mais seulement pour qu'elle imprime son image, sa présence dans ce nouveau décor.

Craignant une réaction vive de sa part, comme on cherche à éviter qu'un jeune enfant en colère se roule par terre, Lisa ne l'interpelle plus quand il agit de la sorte. Elle sait qu'au moindre écart le mot « abandon » peut lui exploser au visage. La première fois, c'était le lendemain de son annonce. Elle n'a pas eu le réflexe d'esquiver sa gifle. Elle n'a pas riposté, lui a simplement demandé de s'excuser, il a répondu que c'était plutôt à elle de le faire puisqu'elle s'apprêtait à l'abandonner. Silence, puis Lisa est sortie, elle a quitté la maison pour aller s'isoler en forêt.

Abandon. Ce mot l'a fait dériver. En marchant, elle s'est demandé si elle avait déjà été abandonnée. Elle s'est surprise à se poser la question pour la première fois. Après une courte réflexion, elle a conclu que non, puisqu'en ressassant ses souvenirs elle a constaté qu'elle n'avait jamais eu besoin de personne. Prise de conscience, sensation désagréable :

– pour être abandonné, il faut d'abord avoir eu besoin de quelqu'un et avoir pu compter sur lui

– elle ne peut pas être abandonnée puisqu'elle n'a jamais eu besoin de personne

– elle n'a pas besoin de son frère

Elle a poursuivi sa marche dans le bois. Abandon. Elle a répété ce mot dans sa tête puis à haute voix jusqu'à ce qu'il perde son sens, qu'il ne soit plus qu'une série de trois sons qui se succèdent l'un après l'autre. A-BAN-DON. A-BAN-DON. A-BAN-DON. A-ban-DON. a-ban-DON. a-ban-DON. Malgré sa tentative de dépouillement, la syllabe -DON a continué de frapper son esprit, a-ban-DON, plus elle le répétait et plus cette dernière syllabe devenait une entité unique, indépendante, puis tout à coup la syllabe s'est transformée en mot, -DON est devenu don. Prise de conscience, sensation plus pragmatique :

– pour se sentir abandonné par une personne, celle-ci doit au préalable avoir donné

– son frère se sent abandonné : elle lui a beaucoup donné

Alors oui, elle l'a abandonné. Une heure après avoir quitté la maison, elle est rentrée et a retrouvé son frère. Je suis désolée, c'est tout ce qu'elle lui a dit.

Pendant ses études, Lisa flotte dans sa ville, elle est bercée par son horizontalité, la mer et ses nouvelles amitiés. Le soir, elle retrouve ses amies sur le front de mer, près des cabanes de plage. Deux bouteilles de vin blanc, du pain, du guacamole, des chips, c'est suffisant, en face d'elles le soleil se couche, le ciel rosit, et l'air se rafraîchit vite, Lisa enroule une écharpe en tissu autour de son cou. La soirée ne fait que commencer, plus tard elles rejoindront d'autres étudiants dans un bar du centre-ville, on quittera le bord de mer, mais elle est rassurée à l'idée qu'elle pourra y retourner quand elle le souhaite, la mer ne s'échappera jamais, elle pourra toujours aller s'asseoir sur les galets, sentir d'abord leur fraîcheur sur le bout de ses doigts, puis y déposer sa paume comme pour embrasser leurs formes. Pour elle, les galets sont indissociables de l'architecture de la ville, ils sont la continuité du béton, le béton auquel on a rendu sa liberté et qui s'est divisé en un million de particules polies par le temps et l'effleurement de l'eau. Elle en garde toujours un au fond de sa poche. Tout au long de la soirée, Lisa y plongera la main et comme la mer, l'effleurera de sa propre peau. À chaque fois elle espère que le galet ressentira exactement la même sensation de caresse, qu'il ne parviendra pas à faire la distinction entre la mer et Lisa, entre Lisa et la mer, Lisa est la mer.

Quitter le Havre le week-end pour retrouver sa famille, c'est redevenir solide. Elle s'efforce d'y retourner au moins une fois tous les deux mois, mais jamais plus d'un jour et demi : arrivée par le train du samedi matin, départ avec celui du dimanche après-midi. Une nuit et trois repas. Le plus souvent, elle dort à la maison, ce qui lui permet de constater qu'elle tangue toujours autant. Elle peine à mettre des mots sur la relation que son frère entretient avec leur mère. Il ne l'entend plus, surtout depuis qu'il a renoué avec leur père, c'est comme s'ils parlaient une langue différente. Il a même commencé à l'éviter. Sa mère a été contrainte d'interrompre son flot de paroles, comme si elle avait compris qu'avec son fils ça ne marchait plus. Depuis, elle se sent mise à nue, humiliée, alors elle aussi peine à communiquer. Ils vivent désormais dans le même espace, mais leurs corps émettent une force de répulsion mutuelle, comme deux matières distinctes ne pouvant exister dans un périmètre commun : quand l'un entre dans une pièce, l'autre immédiatement la quitte dans un mouvement parfaitement parallèle. Quand Lisa revient, son frère accepte tacitement une coexistence en zone neutre, celle où elle se trouve, mais les discussions sont succinctes. Lisa occupe alors l'espace sonore, décrit avec force détails la reconstruction du Havre par l'architecte Auguste Perret, elle se dit que cela pourrait intéresser sa mère, peut-être moins son frère, elle raconte ce qu'elle étudie, beaucoup de maths et de physique, mais ce qu'elle préfère, c'est l'atelier de météo marine qu'elle suit avec une association de plaisanciers de la ville. Elle est entourée de retraités, ravis qu'une jeune femme participe à leur rendez-vous du samedi matin… et elle parle, elle parle à son frère, elle parle à sa mère, elle continue de parler, laisser le moins de place possible au silence, au malaise, aux regards fuyants, elle tient son auditoire et son auditoire n'attend que cela, que quelqu'un occupe le vide.

Le soir, Lisa s'invite dans la chambre de son frère, elle tente de le faire parler, qu'il lui raconte un peu sa vie, elle lui donne du courage en lui disant que, bientôt, lui aussi pourra partir, construire son avenir ailleurs, rencontrer quelqu'un, trouver un apaisement loin de ce qui a miné leur enfance. Dans ces instants, des milliers de fils translucides aussi fins que du nylon se réactivent, les liens se dressent de nouveau entre les deux corps, ils retrouvent une tension et une énergie ancienne. Ils n'ont jamais disparu, mais ils s'érodent, personne ne peut le nier et personne n'y peut rien. Lisa aimerait continuer à les innerver, qu'ils scintillent de nouveau, mais son envie seule ne suffit pas. En face d'elle se tient un corps de plus en plus éteint, le regard curieux de son petit frère disparaît derrière un voile brumeux, il ne s'anime plus, elle le trouve triste et inintéressant, mais elle essaie malgré tout de lui parler. L'autre répond rarement ou par un hochement de tête lassé. Lisa voudrait se saisir de tous les fils, une poignée dans chaque main comme on prend les rênes d'un traîneau, et les remuer violemment de haut en bas, de droite à gauche, redonner vie à ce corps fané, Allez secoue-toi putain ! mais elle ne le fait pas. Elle lui dit simplement que fumer ne lui réussit pas. Depuis peu, elle a remarqué le cendrier posé sur le rebord de la fenêtre, les fins de pétards et les tickets de métro déchirés à l'intérieur. Il rigole, Lisa s'te plaît, arrête, fais pas comme maman. Elle se lève, aimerait le gifler comme il l'a giflée quand elle a annoncé son départ, mais elle se retient. Après tout, il a raison, elle retourne dans sa chambre et prépare son sac, pressée de rentrer chez elle.

Entre la vie au lycée et celle des études supérieures, quelque chose a changé. Dans les discussions avec ses nouveaux camarades, Lisa laisse traîner quelques miettes sur sa famille, pas grand-chose, mais elle existe dans une autre réalité que celle d'où elle vient. Elle raconte la séparation de ses parents, leur absence, elle décrit à quel point elle s'est sentie proche de son frère même si aujourd'hui c'est un peu plus compliqué, elle est rassurée parce que certains de ses amis partagent le même ressenti, et on se tranquillise mutuellement en se disant que de toute façon, Quinze-seize ans, c'est quand même l'âge chiant, ils finiront par grandir, et on retrouvera bien les petits frères et les petites sœurs qu'on a laissés avant l'adolescence. Le soir, quand elle est seule dans son studio, qu'elle se met en pyjama et qu'elle se brosse les dents, elle ne fait pas attention au miroir en face d'elle. La veille, l'image était différente, trois fois rien, un simple détail, mais le contour de la joue semblait plus plastique et plus terne. Lisa n'en a pas conscience, mais le masque a entamé sa phase de corrosion, il sent que la partie est finie, le visage qu'il recouvre s'émancipe. Bientôt, quand elle remarquera les gerçures, elle s'y attaquera à mains nues.

Au Havre, Lisa a la délicieuse sensation d'être là où elle doit être. Ses études aiguisent sa curiosité et son intelligence. Dans l'examen poussé des maths et de la physique, elle découvre la beauté de la logique, celle d'un raisonnement brillant censé ne montrer aucune faille, Lisa s'y arrime comme à une personne fiable. Elle comprend comment calculer la force des vents, comment analyser les pressions atmosphériques. Mais elle ne peut s'empêcher d'affectionner les moments où ses modèles déjouent, cette sensation de surprise lorsqu'une tempête censée virée à l'ouest file vers le sud. Elle aime cet instant où il lui faut reprendre sa respiration, s'immerger à nouveau dans les circonvolutions de ses raisonnements, trouver la faille, la colmater, remonter à la surface et constater le résultat. Au Havre, Lisa s'empêche de penser à son frère. Elle conserve au fond d'elle sa galerie de portraits avec l'autocollant à son effigie collé un peu partout, mais elle n'a plus trop de raison de s'y aventurer, plus l'envie non plus.

Il a obtenu son baccalauréat, de justesse. Elle l'a appris par la voix de sa mère. Elle a été surprise que ce ne soit pas directement lui qui lui annonce la nouvelle. Au téléphone, sa mère insiste sur le fait que c'est un miracle, Il n'a rien foutu de l'année, c'est un miracle, il a passé son temps à sortir et à fumer, c'est un miracle, mais bon au moins, s'il sort, ça veut dire qu'il a des amis, c'est plutôt bon signe, mais vraiment Lisa, c'est un miracle et j'espère que ça va lui faire du bien. Elle l'écoute, n'apprécie pas son discours : ce mot « miracle », elle l'associe aux forces invisibles, à ce que l'atmosphère est capable de créer ; ce mot « miracle » ne colle pas à son frère. Elle raccroche, puis l'appelle directement. Bravo ! Je suis tellement contente pour toi, ça y est, tu vas pouvoir enfin faire ce que tu veux. Tu le mérites. (Silence). Rappelle-moi quand tu pourras.

Dix minutes plus tard, son téléphone sonne, c'est son frère. Il a l'air ému, heureux, cela fait longtemps qu'elle n'avait pas entendu cette tonalité dans le timbre de sa voix, une fibre joyeuse et enthousiaste qui redonne vie à l'ensemble, elle écoute sa voix, mais visualise un corps qui se redresse, plonge dans un regard où elle lit la surprise d'avoir réussi quelque chose. Lui reviennent en mémoire son visage d'enfant et ce même regard contemplant l'architecture de leur cabane édifiée dans un coin du grenier. Il lui dit qu'il veut s'engager dans des études agricoles, partir s'installer à la campagne, pourquoi pas acheter des terres quand il sera formé, il a des projets. Lisa l'encourage, ce n'est plus une issue de secours, c'est une voie d'insertion, un tremplin vers une nouvelle vie loin de chez eux. Lisa renoue avec l'espoir et avec son frère. Ils promettent de s'appeler plus souvent dans les mois qui viennent, elle lui propose aussi de venir passer quelques jours au Havre.

Les mois passent, il a bien entamé sa formation agricole, mais il a abandonné au bout de quelques semaines. Il est de retour non pas chez leur mère qu'il ne souhaite plus croiser, mais dans le deux-pièces de leur père. Il ne parle plus, il n'a même plus envie de se mettre en colère, il sort peu, et son père, satisfait qu'il ait accepté de se joindre à lui, s'adapte à son inactivité. Il n'a pas tout abandonné, il s'est inscrit à la mission locale, il cherche un moyen de gagner un peu d'argent.

À ce moment de sa vie, Lisa sent qu'elle a l'énergie pour lui venir en aide, elle a confiance en sa capacité de le tirer de là comme elle s'est tirée de là. L'harmonie de sa voix au téléphone, sa sonorité retrouvée quand il a repris espoir après son bac, lui est restée dans l'oreille comme une petite phrase musicale, et quand elle appuie sur *play* elle a foi en lui et en ce qui les unit.

Un samedi matin, elle prend le train comme à son habitude pour aller voir sa famille, mais cette fois elle restera moins de vingt-quatre heures, retour prévu dès le soir. Elle ne prévient pas sa mère, se rend directement chez son père, frappe à la porte, pas de réponse, elle tambourine, Ouvre-moi s'il te plaît, pas de réponse, alors elle ouvre sans en avoir reçu l'autorisation et elle tombe sur un pauvre gars allongé sur un clic-clac crasseux, elle aperçoit de la cendre sur les coussins, ça pue là-dedans, une odeur de thé mêlée à du tabac froid, le tout pressurisé dans un air presque solide, pesant, dès que vous entrez ça vous dégouline sur les épaules et ça vous colle aux vêtements, à la peau, les rideaux sont tirés, Mais putain qu'est-ce que tu fous ! Elle ouvre les fenêtres, crache à l'extérieur en espérant que son molard expulsera avec lui une partie de l'air vicié qu'elle a respiré en pénétrant dans ce trou, Il est où papa ? L'autre réagit à peine, il s'assoit péniblement, répond qu'il est parti depuis une semaine à la campagne. Il la regarde d'en bas, l'impression qu'il donne, c'est qu'il n'a même pas assez d'énergie pour redresser la tête, elle a honte pour lui, il la regarde se saisir des cendriers par terre, elle a envie de le secouer, il la regarde jeter les mégots par la fenêtre, elle a envie de le frapper, il la regarde attraper un grand sac de sport près de l'armoire, elle prend conscience qu'elle est en train de faire une connerie, Mais qu'est-ce que je suis en train de faire, qu'est-ce que je fous, il ne dit rien quand elle ouvre ses tiroirs et rassemble quelques affaires qu'elle jette dans le sac, Maintenant tu te lèves, tu prends quelques trucs dont t'as besoin, et on retourne prendre le train, tu viens avec moi au Havre. L'image de son frère, le décor, l'atmosphère, l'enfer, elle se demande ce qu'elle fait ici, comment elle peut y croire, comment elle peut être aussi conne, ce qui la pousse à risquer de fracasser la cabane qu'elle s'est fabriquée ailleurs avec ses propres désirs et sa propre volonté, elle se répète surtout, Mais comment je peux être autant attachée à un garçon comme lui.

Première règle : tu ne fumes pas de pétard ici. Deux : tu te secoues. Et trois : tu arrêtes de rejeter tout le temps la faute sur les autres. Lisa s'entend parler, elle a l'impression de revenir des années en arrière. Le décor a changé, désormais c'est le sien.

Lisa et son frère se sont mis d'accord : elle accepte de l'accueillir régulièrement pour des courts séjours afin de l'aider s'il s'engage de son côté à travailler. L'appartement n'est pas bien grand, une trentaine de mètres carrés, mais c'est suffisant pour trois jours et deux nuits. Elle vit au milieu des plantes vertes, sa dernière acquisition est un asparagus dont le feuillage vaporeux et aérien diffuse sa légèreté dans toute la pièce. Au milieu du plafond, on s'attendrait à voir une lampe, elle a préféré suspendre un pot de lierre tombant, elle aime passer en dessous et se laisser caresser le visage par ses feuilles vertes virant au blanc sur les extrémités. Elle les a présentées à son frère, lui a expliqué qu'il fallait en prendre soin parce qu'elles habitent ici, avec elle, Je vais continuer à m'occuper de celles-ci, toi tu prends en charge les plus sympas parce que je suis sûre qu'elles te réserveront un bon accueil même si t'y connais rien, tu les arroses demain et tu leur parles, ou au moins tu les considères, tu fais attention à elles, en fait tu fais juste un peu attention. Lisa dit ça en observant son frère droit dans les yeux, et en parlant elle charge son regard de toute son empathie, de sa patience, et elle espère qu'une fois arrivé jusqu'à lui ce regard lesté trouvera le chemin pour lui en transmettre une partie. Elle lui propose de passer sous le lierre comme elle aime le faire, il s'exécute, mais au meilleur moment, en tout cas ce qui devrait l'être, il tend la main et pousse les branchages légèrement sur le côté. Lisa désespère, ce qui les sépare réside peut-être dans ce geste.

Pour ce premier week-end ensemble, elle le sort, ils vont marcher le long de la plage, elle n'ose pas partager avec lui ce qui la relie aux galets, à la mer, alors comme promis elle lui parle des porte-conteneurs flottant sur la ligne d'horizon, elle lui décrit surtout le *Jacques Saadé*, l'un des plus grands cargos du monde. De là où ils sont, il n'est qu'un tout petit rectangle au loin, à l'intérieur duquel on devine les conteneurs de toutes les couleurs, mais plus il approche du port et plus il grossit, on se demande quand il va s'arrêter, on se demande même s'il va s'arrêter, s'il ne va pas continuer à s'accaparer l'espace, sur l'eau, sur le ciel, sur la ville, s'il ne va pas la faire disparaître sous l'ombre de son immense coque en acier bleu. Elle espère lui transmettre un peu de ce qui sort de l'ordinaire.

La semaine suivante, il revient. Le samedi matin, levé avec le soleil, elle l'accompagne en bord de mer pour admirer le spectacle des kitesurfers, ils sont des dizaines et des dizaines à enchaîner les allers-retours le long de la côte. Leurs voiles comme des arcs-en-ciel dansent au milieu des nuages, certaines s'agacent des liens qui les retiennent au sol, elles aimeraient se laisser bercer par le vent et atterrir avec délicatesse sur le haut d'une falaise un peu plus loin, profiter du paysage et se regonfler d'un coup sec sous l'effet d'une bourrasque pour repartir vers une autre destination, une autre découverte. Mais ces ailes courbes restent au-dessus de l'eau, aux prises avec un humain. Est-ce que son frère ressent tout cela ? Est-ce qu'il rêve parfois ? Lisa a l'impression qu'il apprécie ces moments partagés, même s'il reste silencieux. Elle aimerait qu'il dévie de l'allée, qu'il tourne subitement vers la mer pour accéder à la plage. Il enlèverait ses chaussures, la plante de ses pieds se frotterait aux aléas des galets, au minéral, là où les jambes risquent de se dérober à chaque instant sous la pression du corps, là où il faut avoir confiance en elles pour progresser. Mais peut-être qu'elle en attend trop. Il garde ses grosses semelles et évolue sans fléchir.

Pendant les vacances de Pâques, Lisa l'invite à venir s'installer une semaine chez elle. Pour le moment, elle ne constate aucun progrès chez son frère, pas de recul non plus. Sa vie suit une ligne sans relief, monotone. Au cours du séjour, elle l'accompagne dans un lieu qu'elle apprécie, un local pour les marins en transit tenu par une association havraise. Là-bas, il croise des Russes, des Chiliens, des Philippins, des Chinois qui viennent ici pour profiter d'un endroit chaleureux où le café est gratuit, ils ne parlent pas forcément les uns avec les autres, mais ils s'y sentent bien. Lisa lui raconte qu'elle aime bien les observer quand ils s'installent autour de la table située au milieu de la pièce, qu'ils s'équipent d'un stylo et se penchent chacun sur la même carte postale. Elle reconnaît la symétrie, le béton et la tour lanterne de l'église Saint-Joseph dans le centre-ville. Ils écrivent à leur famille, les quelques mots rédigés feront le trajet inverse du leur. En arrivant à destination, ces mots vieux de quelques jours auront parcouru plus de kilomètres qu'eux deux réunis après une vingtaine d'années d'existence. Elle pensait que rencontrer des marins étrangers aiguiserait sa curiosité, elle ne peut pas dire que ce soit vraiment le cas, il n'a pas l'intention de revenir.

Elle sent poindre l'impuissance et la nervosité quand elle constate l'égoïsme de son frère. Plus les jours passent et plus il se révèle, et plus Lisa insiste pour mettre au jour ce trait de caractère, comme si elle cherchait une raison pour le discréditer, c'est un cercle vicieux dont il est difficile de s'échapper dans trente mètres carrés. Le cinquième jour des vacances, il a décidé de ne rien faire, il s'est terré dans l'appartement. En fin de journée, quand Lisa est rentrée, elle l'a découvert écrasé dans le fauteuil qui semblait d'accord pour l'avaler et le faire disparaître. Dans l'air, une odeur de tabac froid. À ses pieds : des emballages de hamburgers où l'on devinait, collés au fond, des restes de fromage fondu ayant avec le temps repris une forme solide, par terre trois frites séchées et une dose en plastique de mayonnaise translucide, Je t'avais dit de ne pas fumer ici, un regard, un silence, et elle enchaîne, C'est dégueulasse, je ressors et je te laisse cinq minutes pour ranger tout ça, tu vas faire crever les plantes si tu continues à leur faire respirer tout ce gras, allez grouille-toi, la porte claque, elle sort marcher dans la rue pour se calmer. Puis elle remonte, ne frappe pas avant d'entrer, son frère est en train d'essayer de tasser les déchets de la poubelle pour y jeter les siens, péniblement, il ne lui viendrait pas à l'idée de la vider, Lisa sent la colère monter brutalement, ce coup de fouet lui crispe le corps, les mots vont claquer l'air, mais elle ferme la bouche au dernier moment pour les emprisonner à l'intérieur, ils retournent d'où ils viennent, du bas-ventre, là où Lisa pressent l'échec de sa tentative de sauvetage. À ce moment-là, elle exècre chacun des mouvements de son frère, ils sont lents, maladroits, leur efficacité se perd dans le manque d'intention, Voilà c'est ça, il n'a pas d'intention. Chacun de ses gestes sans but projette une série d'épines qui viennent s'enfoncer dans la peau de Lisa. Elles provoquent un pic de douleur, puis la sensation est plus diffuse, toujours désagréable, elle gagne tout le corps. Dans son bas-ventre, Lisa retrouve la colère de tout à l'heure en train de fermenter, une boule grisâtre de mots emmêlés, et ça tourne là-dedans, les lettres se mélangent pour en former de nouveaux, plus incisifs, plus méchants, et plus son frère occupe l'espace de l'appartement, plus ça grossit. Le problème pour Lisa, c'est que ce gris envenime tout le reste de sa vie, son décor ternit, ses plantes vertes ne le sont plus tout à fait, le galet au fond de sa poche perd de sa douceur au profit d'une rugosité dont elle ignorait l'existence, le parfum iodé de la mer s'amenuise laissant le champ libre aux odeurs acides émanant des usines du port, les lignes d'Auguste Perret ne la promènent plus jusqu'à la plage, mais la propulsent violemment sur le béton. Sa ville se transforme, Lisa ne comprend plus la logique de sa géométrie, elle s'y perd comme dans un labyrinthe, elle crie, mais personne ne l'entend à part son frère, et comme il n'a pas d'intention il ne sait pas comment s'y prendre pour l'aider. Cela fait bien longtemps qu'il ne voit plus les liens qui le relient à sa sœur, ils traînent par terre, inertes. Jour après jour, la cabane de Lisa se détériore à vue d'œil, les plantes ne flétrissent pas, elles s'engraissent, virent au marronnasse tout en diffusant une odeur rance qui trouve refuge à l'entrée des narines, les effluves s'accrochent aux parois nasales et s'étirent jusqu'à ce que l'air ne puisse plus pénétrer. Les fenêtres, recouvertes d'une fine couche de crasse ont cessé de collaborer, elles refusent de laisser passer la lumière du soleil pour éclairer l'intérieur, les rayons les plus endurcis qui réussissent à se frayer un chemin à travers la vitre perdent leur éclat, elle agit comme un filtre sépia, le décor s'embrunit, les couleurs abdiquent. Lisa se sent prisonnière et elle enrage d'avoir elle-même créé cette cage. Comment en sortir ?

Deux solutions :

1) Elle va jusqu'au bout de la semaine qu'elle s'était fixée et donne une dernière chance à son frère, lui intime de prendre sa vie en main, de cesser d'être focalisé sur sa personne sans quoi elle lui ordonnera de quitter les lieux.

2) Elle arrête d'y croire. Elle prend acte de leurs différences, qu'être frère et sœur ne suffit plus. Elle pense à elle. Arrêter de culpabiliser. Elle aura essayé.

La lucidité pousse Lisa à rejeter le 1. Quand elle se figure le 2, elle s'imagine munie d'une paire de longs ciseaux aller à la rencontre de son frère, elle le fixe droit dans les yeux tout en se saisissant d'une poignée de liens emmêlés, ils forment un tas à leurs pieds, et le regard toujours plongé dans le sien elle passe les fils entre les deux lames et *tchac* elle coupe, les deux corps se font face, et *tchac* les ciseaux tranchent. À chaque fois qu'elle resserre les doigts, les liens tombent de part et d'autre et se consument au moment de heurter le sol, son frère ne bronche pas, il ne tente même pas de la retenir, il a pourtant plus à perdre et *tchac*, bientôt ils ne seront plus qu'un homme et une femme, l'une rentrera dans son appartement, et l'autre s'évanouira dans la ville, elle n'en entendra plus jamais parler. *Tchac*.

Lisa baisse la tête, désespérée. Elle ferme les yeux, sent les larmes monter, avant le ruissellement elle a le réflexe de les rouvrir. À ses pieds : un objet métallique. Elle imprime son image, l'image voyage dans son cerveau, son cerveau traite l'information, bloque immédiatement l'ordre qui avait été donné au système lacrymal. Lisa se penche et ramasse au sol une paire de ciseaux qui traînait là.

# 7.

Lisa aimerait se détacher le plus possible de la décision de son frère, qu'il décide seul pour une fois. Elle a de nouveau rendez-vous en prison pour discuter de l'éventualité d'un appel. Son avocat doit être là lui aussi. Avec l'échéance qui approche, elle se demande comment évolue son état, quelles voies ses perceptions ont choisi d'emprunter pour décrire la réalité, en tirer un récit auquel s'arrimer. Depuis sa dernière visite il y a quelques jours, Lisa ne sait plus à quel vent se fier, elle a le sentiment d'en avoir trop dit, d'avoir aiguillé son frère dans la mauvaise direction et qu'il est trop tard, le train s'est engagé sur les rails, et au bout il y a le vide. Revivre un procès, c'est se remettre en joue.

Elle retrouve l'avocat sur le parking de la prison, l'accompagne le long du mur d'enceinte. Le béton rejette de l'air froid. Ils passent les contrôles, traversent les couloirs, on les installe dans le parloir numéro 3 qui ressemble à les confondre au 1, au 2, au 4 et aux autres. Toujours cette lumière blanche, une table et deux chaises, une caméra dans un coin. Son frère n'est pas encore arrivé. Elle profite de son absence pour dire à l'avocat qu'elle est perdue, qu'elle ne sait plus quelle posture adopter avec lui. Elle aimerait que l'avocat joue les deux rôles, celui de conseil et celui de sœur. Ainsi, elle resterait en retrait, dans un coin, sous la caméra, comme si elle n'existait pas, comme si elle n'avait rien à voir avec cette histoire. Mais elle ne le dit pas. Elle se lève parce que son frère vient d'entrer, elle lui dit bonjour, lui demande comment ça va et elle lui sourit. Tout le monde se rassoit, l'avocat et Lisa d'un côté de la table, son frère de l'autre. Elle engage la discussion, revient sur ses propos de la dernière fois, J'en ai peut-être trop dit quand on s'est vus. Si tu décides de faire appel, on sera près de toi évidemment, mais tu sais que c'est toi qui seras en première ligne. Tu l'as vécu, tu sais ce que c'est maintenant. À sa gauche, l'avocat hoche la tête, mais il reste silencieux. La réponse surgit d'en face, brutale, J'ai pas besoin de ton avis et j'm'en fous, papa a été bien plus convaincant que toi. D'habitude

Lisa compose avec les temps de latence, avec le rythme d'une discussion sous médicaments, on se renvoie la balle péniblement, parfois elle ne revient pas, il faut répéter les gestes, la parole. Cette fois, les phrases tranchent, la voix agresse. Autre élément surprenant, son père semblait s'opposer à un appel, de peur d'être encore accusé. Lisa réfléchit, met de côté cette remarque. Elle répond doucement, rompt avec le ton de la réplique de son frère pour essayer de poser la discussion sur un terrain plus serein, Je suis contente de savoir que vous en avez parlé, c'est important. Je peux savoir ce qu'il t'a dit ? L'autre se renfrogne, il dit que leur mère est d'abord venue le voir, qu'elle était désolée pour lui. Mais que ce qu'elle espérait surtout, c'était qu'il se soigne et qu'elle n'était pas certaine que la violence d'un nouveau procès puisse l'aider à aller mieux. Il dit que ça l'a mis hors de lui, C'est elle surtout qui ne veut pas subir la violence d'un nouveau procès, et il se met à l'insulter, à critiquer son égoïsme, ses mensonges, et que de l'entendre, ça l'a surtout convaincu de faire l'inverse, de faire appel pour qu'elle se confronte encore aux victimes que son propre fils a créées, et il dit que de toute façon il n'a rien à perdre, il va pourrir ici jusqu'à la fin de sa vie. Ensuite, il a appelé leur père pour lui expliquer ce qui s'était passé. Il lui a répondu qu'il ne fallait pas écouter sa mère, que le procès n'avait pas été juste et qu'ils n'allaient pas se laisser faire. « Ils » pour lui et son fils : ils se battraient ensemble. Lisa se retrouve ligotée dans l'enchaînement des phrases, elle tente malgré tout d'analyser la situation, elle se met à la place de son frère, elle intériorise ses schémas de pensée, ses frustrations, son sentiment d'abandon constant ; elle voit un sentier de compréhension se dessiner, elle l'emprunte et elle découvre à quel point il fait sombre le long de ce chemin. Pas de paysage, pas d'horizon pour le regard, seulement une brume grise et opaque, et elle réalise que c'est son décor mental. L'atmosphère l'oppresse, Lisa étouffe alors elle sort de sa réflexion et se voit dans les yeux de son frère assis en face, elle clôt les paupières un court instant, elle aimerait que tout ce qui les entoure disparaisse, elle voudrait rouvrir les yeux dans la cabane du grenier, son frère adulte serait à ses côtés, leur seule présence l'un auprès de l'autre ranimerait ce qui les lie, apaiserait sa rancœur et sa haine, elle lui dirait Tout va bien se passer, je suis là, avec toi. Mais quand elle soulève ses paupières, elle tombe sur un regard et un corps usés, autour le décor du parloir numéro 3 n'a pas changé. Je comprends, c'est tout ce qu'elle prononce avant de baisser de nouveau les yeux.

Après un court silence, l'avocat reprend la parole, il parle de la procédure, explique que le délai pour faire appel se termine d'ici quelques jours, que la réflexion avance, c'est une bonne chose, mais qu'il va falloir rapidement acter une décision et la faire parvenir au juge. Lisa souhaite s'échapper du parloir, mettre ces voix en sourdine pour les délier de son existence, mais elle reste assise. Elle entend son frère dire qu'il doit en rediscuter avec leur père le lendemain, qu'il prendra sa décision après, elle comprend qu'au fond il l'a déjà prise. La suite s'impose dans son esprit. Il faudra le soutenir. Il faudra l'accompagner dans la préparation du nouveau procès. Il faudra rester mêlée à cette affaire. Rester fidèle au clan. Rester coupable.

L'entretien se termine, elle se lève, frappe à la porte pour que le gardien lui ouvre. Quelques minutes plus tard, Lisa est à l'extérieur, elle est libre. Cela ne dure jamais.

# 8.

Son appartement havrais a retrouvé sa verdure et sa sérénité. Après un recroquevillement passager, les branches du lierre accroché au plafond se laissent de nouveau aller, elles pendent au milieu de la pièce, sereines, sûres de leur droit comme un chat avachi somnole sans crainte sur le canapé de son salon. L'air marin se permet de réinvestir l'espace, il s'invite par la fenêtre grande ouverte en caressant les rideaux, inonde les tissus du fauteuil, les draps du lit et les vêtements de Lisa. L'iode atteint son nez, elle inspire, ouvre les yeux. Autour d'elle, sa cabane revit.

Son frère ne vient plus. Un peu moins de deux cents kilomètres les séparent, sorte de cordon sanitaire établi par Lisa après lui avoir ordonné de quitter sa ville. Il n'a rien dit de particulier, elle se souvient seulement de l'emploi du mot « hystérie » pour qualifier sa colère. À ce moment, elle a failli lui coller un coup de pied au cul pour l'éjecter de chez elle avec son gros sac quasiment vide. Quelques semaines plus tard, elle a appris par son père qu'il était rentré vivre quelques jours avec lui avant de repartir. Apparemment, un ami l'héberge. Lisa n'a rien voulu savoir de plus.

Elle perd son frère, mais elle renoue avec sa ville. Leurs retrouvailles se déroulent sur la plage, Lisa ressent sa présence quand elle installe ses affaires sur les galets. Elle n'étale jamais sa serviette parce que ce serait se priver de son contact, alors elle s'allonge le dos nu à même les galets réchauffés par le soleil, elle a l'impression d'être portée par une multitude de mains dont le bout des doigts aurait été adouci par la température, et pour elle c'est comme fondre sur un tapis massant. Le vent frais lui caresse le visage, et à cet instant elle pourrait communiquer avec la ville, avec la Terre, avec tout ce qui l'entoure parce qu'elle en fait partie. Puis elle se lève et va se baigner, la discussion se poursuit en milieu aquatique. Elle avance pas à pas jusqu'à ce qu'une vague un peu plus haute que les autres lui touche le nombril, et c'est comme un coup d'estoc, *tac !* la cible est touchée, ses pieds se détachent des galets, elle quitte la verticalité pour se mêler à la ligne d'horizon, elle vole.

Quand elle rejoint sa serviette, Lisa jette un coup d'œil à son téléphone, elle est censée retrouver des amis en fin de journée. Six appels manqués, quatre appels de sa mère, deux de son père, six hameçons projetés dans son espace avec au bout des appâts grossiers qui pendouillent sans même tenter de dissimuler le crochet aiguisé. Désormais, elle les reconnaît, c'est toujours les mêmes depuis qu'elle est petite, alors elle ne s'y précipite plus, elle repose son téléphone, prend le temps de se sécher, de se rhabiller et de rentrer chez elle. Une fois arrivée, elle appelle d'abord sa mère, elle s'attend à tout, mais surtout à son frère, et ça ne manque pas, C'est ton frère, il s'est battu, il est à l'hôpital.

Comme d'habitude, les circonstances sont obscures, ça s'est passé en boîte, ça s'est passé chez un ami, ça s'est toujours passé quelque part et c'est toujours laid, il y a toujours de l'alcool et toujours de la pitié, il y a toujours une bande de mecs et lui salement amoché. Il a le nez et deux côtes cassées, une arcade sourcilière explosée. Quand sa mère lui donne ces détails, Lisa se dessine une image mentale, il est quasiment défiguré et il titube, mais il continue de se battre, si elle le croisait dans la rue elle se dirait que c'est un pauvre type, si ce n'était son frère. Une fois ce portrait esquissé, il s'en va rejoindre les autres dans sa galerie personnelle, et c'est toujours la même douleur, la même partie d'elle qu'on écorche. Comme le masque longtemps porté, Lisa aimerait s'en défaire, prendre son canif, le chauffer à la flamme de son briquet jusqu'à ce qu'il rougisse et découper ce morceau d'elle pour le jeter à la mer. À peine toucherait-il la surface de l'eau qu'une épaisse fumée s'en échapperait, puis il s'embourberait comme une roche dans une couche de lave. L'inflammation finirait par rétrécir jusqu'à disparaître. Mais ça ne serait pas suffisant. Lisa devrait ensuite s'attaquer à sa mémoire, et là il faudrait un ordinateur et un logiciel capable de déceler toute présence d'un mot-clé dans son esprit. Les doigts sur le clavier, elle taperait :

Mon frère

Puis elle inspirerait une grande bouffée d'air

Entrée

Et alors le logiciel s'infiltrerait dans la tête de Lisa pour effacer tout ce qui concerne l'occurrence indiquée

SOUVENIRS CONTEMPORAINS/Completed
SOUVENIRS MODERNES/Completed
SOUVENIRS PRIMAIRES/Compl.

Error.

Inspiration

Entrée

SOUVENIRS CONTEMPORAINS/Completed
SOUVENIRS MODERNES/Completed
SOUVENIRS PRIMAIRES/Co.

Error.

C'est ton frère, il s'est battu, il est à l'hôpital. Lisa se réinsère dans la même spirale, elle s'accuse de ne pas avoir été assez patiente, de ne pas avoir trouvé un endroit où il pourrait s'épanouir. Avec lui, elle s'en veut d'échouer. Dans un moment de lucidité, elle se demande si son frère aurait eu la même réaction si les rôles avaient été inversés, s'il aurait pris soin d'elle.

Elle l'appelle, prend des nouvelles de sa santé, surtout sa santé, ne questionne pas trop les faits, les faits c'est autre chose. Au bout du fil, l'autre répond qu'il a une sale gueule, quelques éraflures sur les mains et qu'il doit rester un jour en observation, mais que ça aurait pu être pire, et quand il dit pire, il y met du drame, artifice grossier que Lisa s'efforce d'ignorer. Elle lui confie qu'elle compte passer le week-end chez leur mère, que ce serait l'occasion de se voir, il répond que ça lui ferait plaisir aussi. Elle raccroche, elle sait comment ça se passera, il fera comme si de rien n'était, comme si ce n'était pas la quatrième fois qu'il cherchait à se faire défoncer, comme si sa sœur n'y voyait que du feu parce qu'il se croit plus malin que tout le monde. Elle doit être là pour lui. Elle est là pour lui. Mais pas d'égards pour elle, pour son sentiment de culpabilité. Elle doit être là pour lui. Elle est là pour lui, la phrase se lit dans un sens, de gauche à droite et uniquement de gauche à droite, de droite à gauche lui-pour-là-est-elle, ça ne veut rien dire.

Les années suivantes, Lisa et son frère se côtoient de temps en temps, les sujets fâcheux ne sont pas abordés, ils se maintiennent sur une voie étroite qui les relie encore l'un à l'autre. Surtout, ne pas en dévier. Quand il raconte ses plans boulot tous plus galères les uns que les autres, elle le taquine avec gentillesse. L'essentiel, c'est qu'il travaille un peu, alors elle l'encourage. Face à elle, ce n'est plus un enfant, mais un gamin. Il raconte les soirées enfumées avec ses quelques amis à se rejouer la dernière baston, rigole à ses propres plaisanteries, passe son temps à critiquer leurs parents, il ricane en disant que, si c'était pour les voir finir comme *ça*, ils auraient mieux fait de ne pas avoir de gosses. Lisa ne cherche plus à l'accompagner. Elle se contente de maintenir cette faible énergie qui les traverse encore.

Même s'il ne manque pas de la questionner, elle reste assez évasive sur sa vie privée. C'est une zone défendue, protégée par une imposante muraille, aucune envie que son frère l'investisse ne serait-ce que du regard. Celui qu'elle aime, elle le tait, elle le conserve sur un territoire secret qu'elle ne partage qu'avec lui. Il réalise des recherches sur les milieux naturels pour des projets d'aménagement. Ils se sont rencontrés lors d'une réunion publique où il était question de la construction d'un nouveau chenal d'accès au port. Avec cet homme, elle a d'abord parlé géothermie, puis cellules hydrosédimentaires avant de conclure qu'ils allaient se retrouver ailleurs pour aborder d'autres sujets.

Après quelques mois d'euphorie, elle a accepté de lui parler de sa famille parce qu'il fallait bien justifier ses absences les quelques week-ends où elle retournait voir son frère. Elle a décrit l'ambiguïté de ses relations avec lui, son désir qu'il continue d'exister pour éviter l'effacement de tout ce qui précède. Son compagnon a insisté pour faire sa connaissance. Lisa a convié son frère à venir passer une journée au Havre. La rencontre aura lieu le soir, lors du dîner, pas plus. Maintenir des parois étanches entre lui et les différentes parcelles de sa vie, c'est la meilleure solution qu'elle ait trouvée pour garder le contrôle sur chacune. Pour cette soirée, elle n'opère qu'une fine brèche entre celle où il évolue et celle qu'occupe l'homme avec qui elle partage sa vie, à peine une entaille qu'elle pourra colmater en cas de problème.

Le dîner se passe. Le compagnon de Lisa décrit son rôle au port du Havre, son impression d'être utile, il explique la définition d'une chatière, le mot savant pour désigner le projet de nouveau chenal grâce auquel il a rencontré Lisa. Il fait beaucoup d'efforts pour peu de résultats. Lisa constate bien que son frère peine à faire de la place à cette tierce personne, il ne s'y intéresse pas. Il ne dit rien, de toute façon Lisa estime qu'il n'a pas grand-chose à dire de sa vie parce qu'il ne s'y passe pas grand-chose, alors comment lui reprocher d'être silencieux ? Quand elle le confronte à sa réalité, la violence s'impose, elle a honte parce qu'elle ne le regarde plus de côté, mais de haut. Le dîner se termine, Lisa enlace son frère, lui promet de bientôt lui rendre visite. Seule, elle précise. Il se dirige vers son hôtel en s'allumant un joint, elle vers son appartement avec son compagnon. Elle ferme les yeux, elle rouvre les yeux, enlace l'homme qui est dans son lit, elle peut s'endormir, chacun a regagné sa zone.

Quelques semaines plus tard, nouvelle salve d'appels de ses parents. Ça s'est passé sur un rond-point. Les deux jambes cassées, une hanche mal en point, la pommette droite explosée par un coup de barre à mine, les deux yeux tuméfiés. Il ne se souvient plus de grand-chose. Il a certainement bu et fumé, ou peut-être pas. Lisa imprime cette image et l'archive.

L'arrivée de son fils ranime quelque chose chez son frère. D'abord, sa jalousie. Lisa n'est pas surprise de ne pas le voir à la maternité, mais elle n'y prête pas attention, à cet instant elle s'en fout, elle ne vit que pour elle, elle enjambe les coups bas et survole la bêtise. Une fois rentrée, elle attend qu'il prenne l'initiative. Il finit par l'appeler deux semaines plus tard pour prendre de ses nouvelles. Avec un sourire dans la voix, elle lui dit qu'il était temps, elle est heureuse qu'il ait fait le premier pas, il lui en faut peu, et c'est comme si tout ce qui s'était passé ces derniers temps n'existait plus, Lisa veut partager ce moment avec son frère, elle veut trouver une place pour lui auprès de son fils, même modeste.

Quatre mois plus tard, ce ne sont pas ses parents qui l'appellent, c'est la gendarmerie.

## 9.

Quelle aurait été la meilleure façon d'apprendre ce qu'a décidé son frère depuis la prison ? Qu'il lui annonce directement ? Que son père ou sa mère l'appelle pour le lui transmettre ? Que l'avocat la contacte ? Lisa se pose la question parce que la réponse l'aurait aidée à se positionner sur l'échiquier mental de son frère. Elle l'envisage comme un territoire clivé, on est avec ou contre lui, les neutres seront considérés comme hostiles.

Depuis sa dernière visite, elle n'a eu aucune nouvelle. Ni de son frère, ni de ses parents, ni de l'avocat. Elle se dit que vingt-quatre heures sans eux, c'est bien. C'est une première depuis la fin du procès, et elle aimerait que ce temps se prolonge.

Son fils est couché, elle est dans son salon, allongée sur le canapé. Elle fait défiler son fil Facebook sur son téléphone. Son amie la plus proche lui a dit que c'était le réseau social des vieux. Elle continue de se laisser hypnotiser par les photos et les vidéos des autres. Elle suit la vie de ses anciens camarades du Havre disséminés dans toute la France, elle les voit peu, elle le regrette. Elle est toujours curieuse d'observer la composition des intérieurs photographiés par ses amis, en particulier des arrière-plans : elle liste en premier lieu le choix des plantes, celui des cadres, puis elle s'attarde sur les photos collées au mur. Est-ce qu'elle y apparaît ? Est-elle une image du passé ou du présent ? De quoi fait-elle partie ? Sur son compte, Lisa ne poste jamais rien.

Alors qu'elle continue presque mécaniquement de frotter l'écran de son téléphone avec son pouce, une photo traverse l'écran de bas en haut, c'en est une parmi des dizaines d'autres, et elle les rejoint dans le vide. Mais celle-ci réactive son cerveau, Lisa reprend le contrôle, repose son pouce sur l'écran pour arrêter le flux, effectue le geste inverse, le doigt balaye l'écran du haut vers le bas, le fil remonte, et elle s'y agrippe comme à une corde, si elle lâche elle tombe alors elle regarde en l'air et elle voit la photo redescendre, elle arrive, elle va bientôt l'écraser, le pouce glisse sur le téléphone une dernière fois pour faire resurgir l'image, et d'un mouvement direct, stop, le pouce se projette sur l'écran tactile, et, comme un clou dans le mur, accroche la photo. Elle ne bouge plus, elle est là sous ses yeux : un visage d'adulte légèrement de profil, souriant, pixelisé, pas encore bouffi, un visage qui n'existe plus, celui de son frère avant son crime.

Au tout début de l'affaire, les médias ont utilisé cette photographie pour illustrer leurs articles. Ils ont dû la dénicher sur Internet, un vulgaire clic droit sur une image publiée, enregistrer sous et voilà, la qualité laisse à désirer, mais ils ont dû conclure qu'avec un titre adéquat, ce serait suffisant pour faire cliquer.

Son frère fixe l'objectif. Quand un internaute tombe sur cette photo, il est obligé de plonger dans ses yeux, et quand il prend connaissance de ce qu'il a fait, il pourrait se dire que c'est la figure d'un assassin et qu'il vient de le regarder en face, qu'il vient de se confronter à lui sans le savoir. L'autre réflexe quand il voit ce visage lambda, ce serait de prendre conscience qu'il pourrait être celui d'un proche. Alors il clique. Lisa ne voit que son frère et elle associe ce portrait à celui qu'elle garde au fond d'elle, en arrière-plan de tous ses souvenirs, celui du jeune garçon assis en tailleur, la tête penchée et les yeux plissés.

Son pouce bloque toujours le visage de son frère sur l'écran du téléphone. C'est une de ses connaissances sur Facebook qui a partagé cet article un peu plus tôt dans la journée. Ils étaient dans la même classe au collège, mais ils ne se sont jamais revus, elle a juste accepté son invitation il y a des années. Lisa lit le titre :

Condamné à la perpétuité, _______________ fait appel.

C'est acté : Lisa devra se représenter à la barre, décrire à nouveau ce qu'elle peine à décrire. Son frère.

L'article est accompagné d'une remarque personnelle :

Kel gro chien ! ! ! suivi d'un émoticône rouge en colère.

Elle ne peut s'empêcher de jeter un coup d'œil aux autres commentaires :

il a pa honte !

il faudrai rétablir la peine de mort pr ces gens

il a pourtant eu ce qu'il méritait. Soutien total aux victimes et courage

même si je condamne ce qu'il a fait, c'est son droit et il faut le respecter

Elle reconnaît les noms de certains, d'anciens élèves de l'école, du collège et du lycée où ils étaient scolarisés. Est-ce qu'ils se souviennent que c'est son frère ?

Elle poursuit sa lecture :

et oui j'connais une des victimes qui était là quand ça s'est passé, elle va pas bien du tout depuis qu'elle a appris ça

un seul mot : pourquoi ?

lisa t'as quelque chose à dire ?

Et derrière, plus rien. Comme si tous les autres attendaient derrière leur écran qu'elle prenne la parole, qu'elle se justifie. La lecture de ce dernier commentaire provoque chez elle une bouffée d'angoisse, ça part du fond du ventre pour remonter jusqu'aux yeux et ça crispe tout ce que ça touche sur son passage.

lisa t'as quelque chose à dire ?

Le commentaire a été posté par un garçon du lycée qu'elle a dû croiser dans une soirée quand elle était adolescente. Elle ne l'a pas vu depuis près de quinze ans. Elle s'étonne même qu'il fasse le lien avec son frère. Lisa effectue un rapide raisonnement : s'il est au courant, alors tout le monde est au courant ;

il y aurait une logique puisque là où ils ont grandi tout le monde sait ce qu'il s'est passé, c'est même devenu le drame de tout le monde.

lisa t'as quelque chose à dire ?

Parler de son frère, ce serait parler de celui qu'elle a aimé, de l'enfant qui n'existe plus, ce serait parler de leur cabane, de la petite coccinelle dans sa coquille en bois clair, du feu crépitant, des restes de fils fanés toujours derrière elle comme une traîne.

lisa t'as quelque chose à dire ?
Ce serait
Convoquer un fantôme
Exhiber sa loyauté envers lui
Insulter les vivants.

*

Se taire.

# L’appel

**Mardi 30 août 2022**
**Tribunal judiciaire de Créteil**

Betty et Sacha sont arrivés en avance. Je les retrouve devant le palais de justice, en train de fumer cigarette sur cigarette. Quand ils me voient, ils me sourient. Je les ai contactés par téléphone quelques jours plus tôt. Cette fois, je n'ai pas eu besoin de leur demander ce qu'ils attendaient du procès. Je sais leur colère de devoir de nouveau se confronter à P., les insultes qu'ils retiennent depuis qu'il a décidé de faire appel il y a un peu plus d'un an. Impossible de passer à autre chose tant qu'il ne sera pas définitivement condamné. Entre-temps, ils ont pu ressasser les débats en première instance. Ces derniers jours, les images vives se rappellent à eux comme pour préparer le terrain.

Les victimes constatent plusieurs changements par rapport au premier procès. D'abord, l'avocat de P. Ce n'est plus le commis d'office du barreau de Meaux, mais un pénaliste renommé. À sa demande, de nouveaux experts psychiatriques se sont penchés sur le cas de son client. Ils se sont particulièrement intéressés à l'état de son discernement au moment des faits. Sur le planning prévisionnel, il est prévu qu'ils défilent à la barre les uns après les autres afin que la Cour puisse en débattre. Une journée entière y sera consacrée.

L'audience débute par une longue phase procédurale, les discussions sur le fond commenceront après. Pour moi, c'est l'occasion d'échanger avec la sœur de P. Elle accepte que nous nous retrouvions à l'extérieur, sur le parvis. Après le premier procès, elle a réussi à prendre du recul. Aujourd'hui, elle semble plus à l'aise quant à la place qu'elle occupe auprès de son frère. Elle me confie que, si elle ne souhaite pas partager son histoire avec moi, c'est aussi parce qu'un jour elle l'écrira peut-être, à sa manière.

Si ce récit venait à naître, si on venait à le comparer à celui que j'ai imaginé, je me demande quel serait l'effet produit. Je présume quelques résonances. Ce qui est certain, c'est que la confrontation au réel a cessé d'être un motif d'angoisse à partir du moment où elle m'a demandé d'y renoncer.

Comme si j'avais abandonné l'idée de vouloir à tout prix être bon élève, de vouloir à tout prix *savoir*; de faire ce qu'on attend de moi, d'un journaliste : établir des faits, les relater avec certitude et le plus d'objectivité possible.

Comme si j'avais attendu qu'on m'autorise à écrire, en assumant d'être faillible.

Je n'ai pas raconté cette histoire telle que je l'avais envisagée. Si la sœur de P. avait accepté de répondre à mes questionnements, peut-être cela m'aurait-il suffi, peut-être ne serais-je pas allé sonder plus loin. En son absence, j'ai dû emprunter d'autres voies, leur exploration m'a conduit vers d'autres pistes, plus intimes. Ce cheminement semble m'avoir offert la liberté que je recherchais dans l'écriture, la possibilité d'y inscrire une partie de moi-même. Je n'ai jamais autant ressenti la présence de mes frères, pourtant loin de moi, qu'au moment d'écrire cette histoire.

L'année dernière, mes parents ont constaté la mort de l'immense saule pleureur à l'ombre duquel nous avons grandi, en Normandie. Maladie ou sécheresse. Ils se sont résolus à le couper. L'arbre majestueux a disparu du jardin, celui où nous persistons à vouloir nous rassembler chaque été, ce jardin désormais labouré par nos propres enfants. Mais il persiste dans ma mémoire, il fait toujours partie de l'image, celle si précieuse où les années se juxtaposent, en surimpression. À travers les fines branches et leurs feuilles délicates, je distingue nos visages, ceux de mes frères et ceux de mes parents. Nous sommes là, comme protégés.

La parole de la famille d'Angela et celle de la sœur de P. se déploient sur deux territoires distincts. Entre eux s'étend une zone tampon, sorte de corridor sauvage et abandonné qui recèle sans doute ce pourquoi leur histoire m'a agrippé. Tout au long de son exploration, réelle ou fictive, je n'ai fait qu'effleurer la paroi d'un mur à l'abri duquel sommeille une peur archaïque. C'est ainsi que je me la représente : à l'affût, diffusant son aura, toujours prête à surgir. Rien ne s'oppose à la perte, à l'absence, à ce qui disparaît avec le temps, parfois sans nous prévenir. Des proches et des lieux, comme des souvenirs.

Si j'étais honnête avec moi-même, si j'observais sans fard cette projection familiale, cette image sous le saule pleureur, je constaterais l'amorce de son effritement.

Alors peut-être qu'en écrivant, en cheminant le long de ce mur froid, je tente simplement d'en tracer les contours, de circonscrire cette chose qui se cache derrière. J'essaie d'en appréhender la forme, de mieux la *cerner*. Je m'y confronte, à bonne distance, avec l'espoir d'en atténuer le souffle.

Betty et Sacha avaient attendu le premier procès. Le deuxième, ils le subissent. Sans surprise, la défense cherche à authentifier la maladie de P., et à prouver qu'il était déjà atteint de troubles psychiatriques au moment de son passage à l'acte. Mais cette fois, les arguments sont mieux nourris, plus incisifs. Pour les parents d'Angela, c'est comme être contraints de participer à un mauvais film. Ils font partie d'un scénario dont le rôle principal revient à P. Ils saisissent rapidement les ressorts de l'arc narratif. À la fin, celui qui est accusé d'avoir assassiné leur fille s'en sort mieux que dans la réalité.

Un rôle a aussi été attribué à la sœur de P. Elle est plutôt sereine, moins marquée qu'un an auparavant. À la barre, elle arbore un sourire maladroit. Dans le public, nous ne sommes jamais très éloignés. Elle est souvent accompagnée d'un ami avec qui elle semble plaisanter. Cette attitude presque désinvolte me met mal à l'aise. Peut-être est-ce sa manière de rester à distance. Betty enrage à chaque fois qu'elle la voit. Elle sort fumer régulièrement.

Quand c'est à la psychologue clinicienne de se présenter à la barre, le couple revient s'asseoir. Elle a expertisé dix-huit victimes. C'est elle qui a écouté Betty, et qui lui est venue en aide. En première instance, au moment d'aborder le cas des parents d'Angela, sa voix s'était serrée. Elle n'en avait été qu'à moitié surprise. Face aux juges et aux jurés, l'experte répète ce qui l'a tant marquée. Toutes les personnes qui étaient attablées devant la pizzeria Cesena ce soir du 14 août 2017 – en particulier celles qui n'ont pas souffert de blessure physique – se sont senties coupables de la mort d'Angela. Pour ces victimes, dont certaines ont eu du mal à se considérer comme telles, c'est comme si elle avait donné sa vie pour sauver la leur. La conséquence, c'est le sentiment de honte de *n'avoir pas réagi plus que ça,* d'avoir assisté à la scène, pétrifié, sous l'effet du choc et de la sidération. C'est la culpabilité de souffrir alors qu'on s'en est sorti. Le complexe du survivant.

Pour que les jurés comprennent bien, elle insiste sur la différence entre l'angoisse et l'anxiété, ressentie par les victimes depuis les faits. Elle dit : L'angoisse, c'est s'inquiéter que quelque chose arrive alors que rien n'est prédit. L'anxiété, c'est avoir des statistiques fondées sur des antécédents, qui créent des appréhensions. Cela peut arriver. Cela arrive. L'anxiété se veut rationnelle. Elle dit qu'il faut une part de foi pour se convaincre que ce qui s'est produit ne se répètera pas. Cinq ans après les faits, certains n'arrive toujours pas à *croire*.

Le discours de P. n'a pas beaucoup évolué. Le juge lui demande ce qui nous prouve qu'il suivra bien son traitement, s'il sort de prison, afin d'éviter toute potentialité de récidive. Il répond avec maladresse qu'il est prêt à ce qu'on le lui administre de force. Sa parole pèche par manque de conviction. Est-ce la faute des médicaments ou celle de sa personnalité ? Betty et Sacha s'agacent, sortent fumer.

Un rôle. Il joue un putain de rôle.

Il ne dira rien de plus.

Au bout des neuf jours de procès, P. est condamné à la même peine en appel. La réclusion criminelle à perpétuité, assortie d'une période de sûreté de vingt-deux ans. L'altération du discernement a été reconnue, mais le jury a décidé de ne pas appliquer la réduction de peine, considérant le risque de récidive comme trop élevé. Il est également assujetti à une obligation de soins.

Au moment du verdict, je revis quasiment les mêmes scènes qu'au tribunal de Melun il y a un peu plus d'un an : Betty, Sacha et Nikola en larmes, les victimes qui se congratulent et s'enlacent. La joie du collectif qui éclate aux yeux de P. Sa sœur, assise près de moi, dont je n'ignore pas la peine. Elle se lève pour se rapprocher du box de son frère. Je revis quasiment les mêmes scènes, mais pas de la même manière. Je me lève à mon tour et m'approche de Betty, de Nikola et de Sacha dont les yeux brillent encore. Il m'aperçoit, me sourit, je lui tends la main pour lui faire part de mon soutien, il l'attrape, pose son autre main sur mon épaule et m'attire vers lui pour me serrer dans ses bras.

J'ai transporté et je transporterai toute ma vie quelque chose qui leur appartient, quelque chose de précieux. Écrire sur ce qu'ils m'ont confié, c'était tenter d'en être digne, toujours, pour à l'arrivée ne pas l'être tout à fait. Rien ne pourra leur épargner la peine causée par la coexistence de leur récit avec un autre, ennemi par nature et haï par besoin, par nécessité de survie.

C'est le début de soirée, la nuit tombe. Nous nous retrouvons sur le parvis du tribunal. Les victimes veulent encore profiter de cet instant. Comme après le premier procès, Betty et Sacha souhaitent partager ce moment avec Angela, alors ils nous proposent de les accompagner au cimetière de La Ferté-sous-Jouarre.

Une fois sur place, ils marcheront sous la pluie jusqu'à la chapelle édifiée à sa mémoire. Ils prendront le temps de rallumer toutes les bougies. Sur les photos, au milieu des siens, son visage s'illuminera.

# *Note de l'auteur*

*Angela aurait eu 20 ans le 25 mai 2024.*

*Ses parents ont créé une association pour perpétuer sa mémoire. Depuis 2019, la salle multisports où elle pratiquait le basket-ball a été renommée « gymnase Angela » par la mairie de La Ferté-sous-Jouarre. Chaque année, à l'occasion de sa date d'anniversaire, un tournoi et une fête y sont organisés pour lui rendre hommage.*

*Je tiens à avoir ici une pensée pour elle, pour sa famille, et pour toutes les victimes du 14 août 2017.*

*Remerciements*

Je remercie du fond du cœur Betty, Sacha, Nikola et Dimitri de m'avoir accueilli parmi eux.

Merci à Hélène Gaudy et à la finesse de ses retours. Merci aux regards et à la chaleur des nouvelles amitiés dionysiennes.

Merci à mes parents et à mes frères, pour tout ce qu'on a vécu.

Merci aux amis d'enfance du Plateau Est.

Merci à Margaux, Ulysse, Camille, Julien, Fanny, Marie et Jérémy de m'avoir aidé à y voir plus clair.

Merci à ma fille, Sasha.

Merci à Laura Aknin, pour tout.

ILS ONT COLLABORÉ À CE LIVRE :

PIERRE FOURNIAUD
DIRECTION ÉDITORIALE ET COORDINATION

ÉDITH NOUBLANCHE
CORRECTION

ALICE MARTIN
CORRECTION

BRUNO RINGEVAL
COMPOSITION

CORLET IMPRIMEUR
IMPRESSION

ALEXANDRE BLOMME
RELATIONS PRESSE

LES ÉQUIPES DU CDE ET DE LA SODIS
DIFFUSION ET DISTRIBUTION

AGENCE TRAMES
CESSIONS DE DROITS

LES LIBRAIRES
COMMERCIALISATION ET PROMOTION

DÉPÔT LÉGAL : AOÛT 2024
IMPRIMÉ EN FRANCE